Chinz

Die Besucher

(Eine Desillusionierung)

Buch

"Wenn man die Welt nicht mehr versteht, kann allein schon das einfache Existieren sehr ermattend sein..."

Autor

Chinz, 1968 in Köln geboren, wohnt heute in Varel.

Er arbeitet als Krankenpfleger, lebt als Musiker und Schriftsteller und bezeichnet sich selbst als gut gelaunten Melancholiker.

Bisher erschienen:
- „Alzagra", Roman
- „Die Brücke" (Kommissar Kittys erster Fall), Krimi
- „Fast zu spät" (Das Schweigen der Glascontainer), Roman
- „Ruhe sanft" (Kommissar Kittys zweiter Fall), Krimi

Chinz

Die Besucher

(Eine Desillusionierung)

Theaterstück

Tiff & Toff Taschenbuch 005

Die Deutsche Nationalbibliothek verzeichnet diese Publikation in der Deutschen Nationalbibliografie; detaillierte bibliografische Daten sind im Internet über http://dnb.dnb.de abrufbar.

Erstauflage 2015
© dieser überarbeiteten Ausgabe:
2016 by Chinz und Tiff & Toff – Verlag
Hullenwiesenstraße 8
26316 Varel
www.TiffundToff-Verlag.de

Herstellung und Verlag:
BoD – Books on Demand, Norderstedt
ISBN: 978-3-7412-9071-8

Für alle, die die Welt auch nicht mehr verstehen

"Ich bringe die Dinge nicht mehr zusammen. Und wenn ich darüber nachdenke, tut mir das inzwischen körperlich weh..."
Hanns-Dieter Hüsch „Die polyphonische Krankheit"

Personen:

- **Mike Kunz**
- **Gisela Kunz**, seine Frau
- **Herr Kraft**, der Vermieter
- **Herr Kräftiger**, zweiter Vermieter
- **Herr Winterkoffer**, der Pastor
- **Heinz Finke**, ein befreundeter Politiker
- **Bettina Blasberg**, eine befreundete Psychologin
- **Martha Redgood**, eine heißblütige Rothaarige
- **Vivien Fairwell**, eine stille Blondine
- **Inspektor Jürgen Bachsässer**
- **Gerlinde**, geifernde Schwiegermutter
- **Wolfgang**, geifernder Schwiegervater
- **Pamela**, geifernde Mutter von Martha
- **Ken**, deren Ehemann
- **Elisabeth**, Mikes Mutter
- **Dieter Vogelsang**, ein befreundeter Anwalt
- **Regina Vollbalken**, eine befreundete Unternehmensberaterin
- 2 Möbelpacker
- 4 bis 16 Freunde/innen von Gisela, u.a.:
- Carsten Berger, flüchtiger Bekannter
- Dr. Benjamin Kleinblum, Arzt bei einem Pharmaunternehmen
- Dirk Kaimann, Meinungsdesigner

Bei Bedarf:
- Türke mit Rosen, Zeugen Jehovas, der Stromableser
- Landschaftsübliche Tiere

1. Akt:

Die Bühne: Ein großes Wohnzimmer.

In der Mitte ein Esstisch aus Holz.

An der Wand links eine Tür; ein großes Bücherregal aus Holz; diagonal davor ein Stutzflügel.

Rechte Wand: Zwei Türen, hinten ein großes Fenster.

Geradeaus eine gemütliche Couch, die sich zum Schlafsofa ausklappen lässt; davor ein Couchtisch; daneben ein kleiner Glastisch mit einer prunkvollen Vase voller Blumen; links daneben ein kleiner, verstaubter, schon recht matter Spiegel mit einem Holzrahmen; rechts daneben ein kleineres Fenster.

Vorne ein großer Holztisch, darauf ein aufgeklapptes Laptop.

An der Decke eine alte Hängelampe, unmodern, flackernd, gibt irgendwann im ersten Akt den Geist auf.

Vor dem Computer sitzt Gisela, scrollt mit der Maus, tippt ab und zu etwas. Sie trinkt Weißwein.

Hinten auf der Couch Mike, ein Buch lesend. Er trinkt Rotwein.

Mindestens eine Minute lang hört man nur Tastengeklapper, Mausklicks und Plings, wenn eine Nachricht auf dem Bildschirm erschienen sein muss und, deutlich seltener, das Umblättern einer Seite in Mikes Buch.

Mike klappt das Buch zu, wischt sich eine Träne aus dem linken Auge, schaut sehr zufrieden, trinkt den letzten Schluck Rotwein, schaut noch zufriedener.

Er bringt das Buch zurück ins Bücherregal, stöbert eine Weile, bis er sich endlich ein anderes Buch nimmt und dann mit diesem und dem leeren Glas zum Esstisch kommt.

MIKE Soll ich dir auch noch etwas Wein holen?
GISELA Ja, gerne.

Er geht kurz (durch die vordere Tür) nach nebenan in die Küche, kommt mit zwei vollen Gläsern zurück und stellt ihr den Rotwein hin. Sie nimmt, ohne hinzugucken und trinkt.

GISELA Martina hat wirklich Ahnung von Wein! Das ist der beste Weißwein, den ich je getrunken habe. Fruchtig, wenig Säure, beeindruckende Fülle, belebend, ein bisschen nussig...
MIKE ...und rot.
GISELA Wie bitte?!? Bah! Sag mal!
MIKE Tschuldigung! Ich wollte nur mal testen, ob du noch irgendwie anwesend bist.
GISELA Ich finde das nicht lustig!

Sie nimmt jetzt den Weißwein, den er ihr hinhält. Die beiden stoßen an.

GISELA Du, schau mal hier. Bernadette hat Fotos von ihrer neuen Küche geschickt und von ihren Schuhen.

MIKE *(ohne Begeisterung)* Toll.
GISELA Wenn ich wenigstens die Schuhe haben könnte! Oder besser noch... Moment... Die hier! Die sind der absolute Hammer!
MIKE Tja. Extravagant würde ich sagen.
GISELA Wenn wir bloß etwas mehr Geld hätten!
MIKE Du könntest ja vielleicht doch...
GISELA Hast du eigentlich noch mal bei unserem Vermieter nachgehört? Wenn wir wirklich eine Mietminderung wegen des feuchten Kellers bekämen, hätten wir vielleicht 100 Euro mehr im Monat zur Verfügung, da hätte ich die Schuhe schon in vier Monaten zusa...

Es klingelt an der Tür. Mike öffnet. Der Vermieter tritt ein.

MIKE Oh, Herr Kraft! Wir haben gerade von Ihnen gesprochen.
KRAFT Einen wunderschönen guten Tag. Ich habe gute Nachrichten für Sie!
MIKE Der Keller wird renoviert?
KRAFT Nein. Viel besser. Wir haben uns den Keller mal angesehen. Sie nutzen ihn ja kaum. Wir werden ihn an eine Weinhandlung verpachten. Die brauchen kalte, feuchte Räume für die Lagerung. Und Sie bekommen dafür eine Mietminderung von 200 Euro!
GISELA Ja!
MIKE Wir haben den Keller eigentlich nur nicht benutzt, weil er nass ist. Ich hätte ja lieber...

GISELA Mike!
MIKE Ja?
GISELA Sei nicht unhöflich und biete dem Gast etwas zu trinken an!
MIKE Oh, ja, Verzeihung! Setzen Sie sich doch, Herr Kraft. Möchten Sie auch einen Schluck Wein?
KRAFT Ja, danke.
MIKE Rot oder weiß?
KRAFT Weiß, bitte!
MIKE Gerne.
GISELA (*scherzhaft*): Eigentlich ist ja auch das Kinderzimmer frei. Falls Sie noch etwas zum Verpachten brauchen?

Der Vermieter errötet leicht, sagt aber nichts.
Mike kommt mit einem Glas Wein für Herrn Kraft.

KRAFT Schön haben Sie's hier eingerichtet.
GISELA Na, ein bisschen moderner dürfte es schon sein.
KRAFT Ja, in der Tat, etwas altmodisch. Nun, vielleicht können Sie sich ja demnächst das ein oder andere leisten... Zum Beispiel einen neuen Spiegel. Ah, der Wein ist köstlich! Ich muss mich übrigens bei Ihnen entschuldigen, dass Sie so lange auf diese Entscheidung warten mussten. Als kleine Entschädigung habe ich Ihnen, für die letzten Monate, die Sie den Keller auch schon nicht nutzen konnten, einen Scheck über 600 Euro mitgebracht...

Gisela umarmt den Vermieter, hüpft im Zimmer herum und stürzt dann zu ihrem Laptop.

KRAFT ...und auch schon mal den neuen Mietvertrag, damit Sie Ihre niedrigere Rate auch schriftlich haben und ihren Dauerauftrag ändern können. Wenn Sie hier bitte unterschreiben wollen?

Gisela stürzt zum Tisch, unterschreibt, läuft schnell wieder zu ihrem Laptop; reißt dabei die Papiere vom Tisch, ohne es zu bemerken. Sie tippt aufgeregt und jubelt dabei mehr oder weniger still vor sich hin.
Mike hebt die Papiere auf, wirft einen Blick auf eines der Blätter und runzelt die Stirn, liest dann genauer. Der Vermieter rutscht unruhig auf dem Sofa hin und her.

KRAFT Das Blatt, auf dem steht, wie viel weniger Sie jetzt bezahlen, ist übrigens hier, und hier unten müssten Sie einfach nur kurz unterschreiben, dann...

MIKE Moment! Was genau soll das hier mit dem Besuchsrecht bedeuten?

KRAFT (*nervös*) Ah..., äh..., ja. Stimmt. Da gibt es eine winzige Veränderung zum letzten Vertrag. Nichts wirklich Wichtiges! Typisch deutsche Bürokratie halt. Das gehört jetzt in alle neuen Standardmietverträge. Eine Vorgabe des Gesetzgebers. Der Staat will damit Vorsorge treffen, falls mal ein Notstand ausbräche. Aber uns geht es ja, dank der erfolgreichen Politik unserer Regierung, richtig gut. Was soll schon passieren? Jedenfalls wollte ich Sie nicht mit diesem ganzen Paragraphenquatsch langweilen. Stellen Sie sich vor, wir gehen den ganzen Vertrag noch mal durch. Da wären wir ja morgen noch dran! Da kann man sich doch wirklich einen schöneren Abend vorstellen! Also, keine Sorge! Praktisch ändert sich für Sie überhaupt nichts! Halt nur, dass Sie weniger zahlen müssen. Das ist das Wichtigste!

MIKE Aber theoretisch könnten irgendwelche Leute unangemeldet bei uns im Kinderzimmer übernachten?

KRAFT Nun, Ihre Frau meinte eben ja auch, dass...

GISELA Das Kinderzimmer brauchen wir doch nun wirklich nicht mehr!

MIKE Vielleicht wollen wir doch noch irgendwann...?

GISELA Ich dachte, das hätten wir geklärt!

MIKE Jedenfalls würde ich gerne selber entscheiden, wer bei uns übernachtet.

KRAFT Sie sollten das nicht so verbissen sehen, Herr Kunz. Nehmen Sie sich ein Beispiel an der lebensbejahenden Einstellung ihrer Frau. Man muss auch mal etwas wagen, spontane Entscheidungen fällen, gleich unterschreiben. Vergessen Sie nicht: Es geht um viel Geld! Sie glauben doch nicht im Ernst, dass der Wegfall des Kellers alleine über 100 Euro ausmacht! Also, Sie müssen schon wissen, was Sie wollen. Eigentlich stände turnusgemäß sogar eine Mieterhöhung an. Wollen Sie wirklich mit noch weniger Geld im Monat auskommen müssen?

GISELA Mike, jetzt unterschreib doch einfach! Du hast gehört, dass das ein Standardmietvertrag ist. Kennst du jemanden, bei dem unangemeldet Gäste gekommen wären?

MIKE Nein.

GISELA Also! (*Drückt ihm den Stift in die Hand.*)

MIKE Ich würde mir eigentlich gerne erst mal den ganzen Vertrag in Ruhe durchlesen.

GISELA Aber..., warum? Du hast mir doch neulich erst gesagt, ich müsse nicht immer alle AGBs und Widerrufsbelehrungen durchlesen, wenn ich was im Internet bestelle.

MIKE Ja. Das stimmt, aber in diesem Fall würde ich halt gerne... Können Sie nicht einfach morgen noch mal wiederkommen, Herr Kraft?

KRAFT (*wird blass*) Ja, das geht selbstverständlich. Ich würde das allerdings nicht empfehlen, weil ich dann den Scheck wieder mitnehmen müsste.

GISELA (*wird blass*) Aber ich habe die Schuhe doch schon bestellt...

MIKE Ja, wenn Sie morgen Nachmittag nochmal wiederkommen könnten. Das wäre nett!

KRAFT Wenn Sie darauf bestehen... Einen schönen Abend noch!

GISELA Vielleicht möchten Sie auch lieber sitzen bleiben und noch ein Glas Wein trinken; dann könntest du das schnell durchlesen, Mike, und Sie könnten den Scheck doch hier lassen, Herr Kraft.

KRAFT Das wäre natürlich für alle Beteiligten eine wirklich gute Lösung.
MIKE Nein. Ich würde da gerne eine Nacht drüber schlafen.

Gisela stöhnt verzweifelt und der Vermieter steht auf.
Gisela steht auch auf und folgt ihm aus der Tür; öffnet dabei den oberen Knopf ihrer Bluse.
Mike liest die Blätter durch und schüttelt immer wieder den Kopf.
Er setzt sich an den Flügel und spielt eine ruhige, suchende Melodie, leicht verzweifelt klingend. (Ähnlich wie „Big My Secret" aus „Das Piano")
Gisela kommt wieder rein. Hört einen Moment zu.

GISELA *(verächtlich)* Was soll das sein?
MIKE Keine Ahnung. Es spielte aus mir...
GISELA Hast du schon mal was von Rhythmus gehört? Da ist ja weder ein Takt noch eine Tonart zu erkennen. Ich zeig dir mal, wie man richtig spielt.

Sie spielt einen sehr schulmäßigen Chopin.

GISELA So geht das! Hast du jetzt endlich unterschrieben? War ja wirklich peinlich, wie du dich da eben aufgeführt hast! Ich habe unten Martina getroffen. Sie und Werner haben auch unterschrieben und ihr Mann hat keinen Aufstand gemacht!
MIKE Hast du ihr von der Besucherklausel erzählt?
GISELA Was für eine Klausel denn überhaupt?

MIKE Hier.

Sie liest. Versteht deutlich nichts.

GISELA Du nimmst das alles viel zu ernst. Was in Verträgen steht, muss man nicht alles verstehen! Du sagst doch selber, dass die meisten Bedienungsanleitungen zur Hälfte aus überflüssigen Warnhinweisen bestehen. Oder Beipackzettel! Wenn man alles ernst nehmen würde, was da an Nebenwirkungen steht, dürfte man überhaupt kein Medikamente mehr einnehmen. Die müssen sich halt absichern. In Amerika musste eine Firma mal zehn Millionen bezahlen, nur weil sie vergessen hatten, einen Warnhinweis auf ein Kinderspielzeug zu drucken. Du willst doch nicht, dass unser Vermieter pleitegeht oder ins Gefängnis muss! Da haben Leute dran gearbeitet, die sich mit sowas auskennen. Schau, da unten steht es: Das ist ein Standardvertrag nach ISO 0815. Also, alles in Ordnung.
MIKE Bist du dir sicher?
GISELA Ich bin mir absolut sicher!

Mike schüttelt den Kopf, sie greift ärgerlich nach dem Telefon.

GISELA Hallo Mathilde! Wie geht's? ... Ja, super! ... Klar. ... Ja, hab ich auch gesehen, der absolute Hammer! Du, ich hab mal eine ganz andere Frage; wir sollen hier einen neuen Mietvertrag unterschreiben und wissen nicht... ... Ihr habt auch...? ... Ja, genau. ... Ja? ... Gleich unterschrieben? Klar! ... Nein. ... Ja. ... Ja, ich weiß auch nicht, Mike hat irgendwie Bedenken wegen dieser Besucherklausel... ... Ja, irgendwo ziemlich hinten. ... Ja, genau. ... Ah, siehst du. Ja, ich hatte das ja auch... ... Nein. ... Nein. ... Keine Ahnung! ... Nein. ... Nein. ... Ja, ich weiß. ... Schon den zweiten? Toll! Glückwunsch! ... Nein. ... Nein. ... Nein, Mike hat leider nichts studiert. ... Ja. ... Doch! Sogar ein sehr gutes! ... Tja, wie soll ich sagen? Er wollte lieber so praktisch... ... Ja, genau. ... Ja. ... Irgendwie war er wohl zufrieden damit... ... Was? *Sie lacht* Tja. Ich hatte das auch anders... ... Ja. So kann es gehen! ... Gut, grüß schön!

Sie legt auf und dreht sich zu Mike um.

GISELA Also. Georg und Mathilde haben auch unterschrieben. Er hat jetzt übrigens schon seinen zweiten Doktor!

MIKE Hat er zufällig über Mietrecht promoviert?

GISELA Du kannst dir deinen Sarkasmus sparen! Natürlich nicht über Mietrecht. Aber er hat doch einen Bruder, der im Verbraucherschutzministerium arbeitet und mit dem hat er darüber gesprochen und es ist alles in Ordnung! Er weiß das ganz sicher. Mehr kannst du doch nun wirklich nicht verlangen!

MIKE Ich finde es halt nicht in Ordnung, wenn in unser Haus einfach so...

GISELA Mein Gott! Keiner sieht ein Problem, alle unterschreiben, nur du weißt natürlich alles besser, hast mehr

Durchblick als Studierte und Fachleute! Findest du das nicht ein bisschen arrogant? Das ist eine Beleidigung für meine Freunde! Genaugenommen beleidigst du mich!

MIKE Entschuldigung, das habe ich nicht gewollt...

GISELA Aber was willst du denn? Was genau verstehst du nicht an diesem Vertrag?

MIKE Ich will doch nur mal eine Nacht darüber schlafen...

GISELA Ganz toll! Und nachdem du dann darüber geschlafen hast, bist du schlauer als alle, die es sich im wachen Zustand durchgelesen und verstanden haben! Das macht überhaupt keinen Sinn! Du bist paranoid! Mein Gott, wenn sich das rumspricht! Das fällt doch alles auf mich zurück! Ausgerechnet vier Tage vor meinem Geburtstag! Was soll ich meinen Freunden sagen? Dass du dich für etwas Besseres, etwas Klügeres hältst? Ich glaub, ich sag die Feier ab!

MIKE Ach Unsinn, natürlich feierst du! Die Einladungen sind doch schon seit fünf Wochen raus. Ich weiß auch wirklich nicht, worüber du dich so aufregst. Es geht nur um eine Nacht! Es macht doch keinen Unterschied, ob ich heute Abend oder morgen früh unterschreibe; der Vermieter kommt erst...

GISELA Du unterschreibst?!?

MIKE Nein, das habe ich nicht...

GISELA Du hast gesagt, ob ich heute...

MIKE Ich weiß, was ich gesagt habe, aber du weißt doch auch, was ich gemeint habe.

GISELA Ja. Ich hab sehr gut mitbekommen, was du über mich und meine Freunde gesagt hast!
MIKE Ich habe nicht...
GISELA Es macht keinen Sinn mit dir zu reden. Ich wollte eh noch mit Gabi skypen...

Sie wirft einen Blick auf das Bücherregal und dann auf den kleinen Spiegel.

GISELA Mir ist sowieso schleierhaft, wer zu uns kommen sollte. Der ganze alte Kram schreckt doch jeden Besuch ab. Und dein Spiegel ist einfach nur peinlich!

Sie geht mit der Nase in einem exakten 45 Grad Winkel zur Decke gereckt zum Schreibtisch...
Mike nimmt sein Glas Rotwein und geht, seine Nase in einem trotzigen 45 Grad Winkel zum Boden gerichtet, zur Couch, legt sich hin und schaut in die Unterlagen.
Vorhang.

2. Akt

Gleiches Zimmer, gleiche Möbel.
Gisela sitzt am Laptop, haut ärgerlich auf die Tasten, ist furchtbar schlecht gelaunt.
Mike sitzt auf der Couch und liest ein Buch. Er wirkt eher gut gelaunt.

GISELA Ich glaub, ich nehme schon mal einen Wein.
MIKE Es ist früher Nachmittag.
GISELA Ich brauche jetzt Wein!! Und ich bin mir nicht sicher, dass Wein reicht!
MIKE Okay, ich bring dir ein Glas.

Er hat sich gerade wieder gesetzt, nachdem er ihr ein Glas Wein geholt und sich selbst einen Tee eingeschüttet hat, da klingelt es.
Mike öffnet und lässt zwei Herren ein.

KRÄFTIGER Einen wunderschönen guten Tag! Ich darf mich kurz vorstellen: Mein Name ist Bernhard Kräftiger, ich bin ihr neuer Vermieter. Herr Kraft ist in den Süden verzogen und hat mir dieses Haus und einige andere Wohnungen übertragen. Und hier an meiner Seite ist Pastor Winterkoffer.
MIKE Ja, wir kennen uns. Pastor Winterkoffer hat uns vor zwölf Jahren getraut. Willkommen, Herr Kräftiger. Das kommt jetzt aber überraschend. Herr Kraft hatte gar nichts angedeutet...

GISELA Herzlich willkommen Herr Kräftiger, Pastor Winterkoffer! Setzen Sie sich doch!

KRÄFTIGER Danke. Ich muss mich auch in den anderen Häusern noch vorstellen, deswegen will ich gar nicht lange drumherum reden: Ich habe hier den neuen Mietvertrag und ich kann Ihnen eine wirklich gute Nachricht verkünden, obwohl die „Gute Nachricht" verkünden ja eigentlich Ihr Fachgebiet ist, Herr Pastor...

Er lacht. Pastor und Gisela stimmen ein.

KRÄFTIGER Nach Rücksprache mit der Wohnungsgesellschaft können wir Ihre Miete sogar um 250 Euro senken!

Gisela kann einen Jauchzer nicht unterdrücken. Dann aber schaut sie ängstlich zu Mike, der verächtlich schnaubt.

MIKE Und sonst wurde nichts zum vorigen Entwurf verändert, zum Beispiel bei der Besucherklausel?

KRÄFTIGER Doch. Auch ihre Lampen werden sofort erneuert.

MIKE Was allerdings nichts direkt mit der Besucherklausel zu tun hat.

KRÄFTIGER Und auch ihr Scheck wegen der bisherigen Unannehmlichkeiten wurde noch einmal nachgebessert...

MIKE (*sehr laut*) Ist die Besucherklausel jetzt raus oder nicht?!?

GISELA Mike!

KRÄFTIGER Es gibt keinen Grund laut zu werden. Wir sind Ihnen nun wirklich sehr weit entgegen gekommen!

MIKE (*gepresst, aber leise*) Ist die Besucherklausel jetzt raus oder nicht?

KRÄFTIGER Nein. Natürlich nicht. Das ist gar nicht möglich. Es handelt sich dabei um eine gesetzliche Vorgabe. Wenn wir das rausnehmen würden, würden Sie hier sozusagen illegal wohnen. Das wollen Sie doch sicher nicht.

MIKE Wieso habe ich eigentlich nie etwas von diesen neuen gesetzlichen Vorgaben gehört?

KRÄFTIGER Nun. Es ist ja nichts sonderlich Aufregendes passiert. Eine unbedeutende Änderung in einem langweiligen bürokratischen Ablauf. Es war wirklich einiges Interessanteres los in der Welt in den vergangen Monaten, denken Sie nur an die grandiose Fußballweltmeisterschaft! Und letztendlich hat unsere Regierung hier nur eine EU-Richtlinie umgesetzt. Viel Spielraum bleibt da ja nicht. Aber vielleicht sollten wir das Thema auch mal ganz anders angehen. Sie haben eine sehr negative Einstellung zu dieser Besucherklausel, was daran liegen könnte, dass Ihnen dazu einfach der Kontext fehlt. Diese Klausel wurde nicht zuletzt auf Bestreben der Kirche in den Standardmietvertrag aufgenommen. Deswegen habe ich auch Pastor Winterkoffer mitgebracht. Vielleicht möchten Sie...?

WINTERKOFFER Danke. Gerne! Die heilige katholische Kirche war schon immer eine Kirche der Gastfreundschaft. Im 3. Buch Mose, Kapitel 19, Vers 34 steht: „Der

Fremde, der sich bei euch aufhält, soll euch wie ein Einheimischer gelten und du sollst ihn lieben wie dich selbst; denn ihr seid selbst Fremde in Ägypten gewesen. Ich bin der Herr, euer Gott." Auch der Apostel Paulus schreibt an die Hebräer im 13. Kapitel: „Die Gastfreundschaft vergesst nicht!" Und das war zu Zeiten, als es den Christen nicht gut ging und sie verfolgt wurden. Wir werden nicht verfolgt, wir leben im Wohlstand. Wie könnten wir nicht voller Gastfreundschaft einen notleidenden Menschen aufnehmen? Gastfreundschaft ist eine uralte christliche Tradition. Auch der Apostel Petrus schreibt: „Seid gastfrei gegeneinander ohne Murren!" Das ist ja wohl deutlich genug!

GISELA Siehst du?

MIKE Ich habe überhaupt nichts gegen Gastfreundschaft, schon gar nicht, wenn jemand in Not ist. Aber ich würde doch wenigstens gerne vorher informiert werden, wenn jemand kommt, und auch einen gewissen Einfluss darauf haben, wer kommt, oder wenigstens ein Widerspruchsrecht...

WINTERKOFFER Ah, jetzt verstehe ich. Keine Sorge! Wir haben während der Gesetzgebung gut aufgepasst. Sie müssen keine homosexuellen Gäste oder Ausländer aufnehmen! Dafür haben wir in den Verhandlungen gesorgt. Ihr Kinderzimmer wird nicht entehrt werden!"

MIKE Nun, ich habe nichts gegen Ausländer und Homosexuelle, ich hätte eher Bedenken wenn Rechtsradika...

WINTERKOFFER Aber Sie sollten etwas gegen Homosexuelle haben! Im 3. Buch Mose, Kapitel 18 sagt Gott:

„Kein Mann darf mit einem anderen Mann geschlechtlich verkehren; denn das verabscheue ich." Das ist ja wohl deutlich genug! Aber auch Ihre Sorge nimmt die Kirche ernst und so kann ich Ihnen versichern, dass keine homosexuellen ausländischen Rechtsextremisten in ihr Haus kommen werden!

Mike starrt ihn fassungslos an.

KRÄFTIGER Also, ich nehme mal mit, Herr Kunz: Sie finden Gastfreundschaft gut und werden insofern doch sicher gerne diesen Vertrag...

MIKE Ich sehe Gastfreundschaft als eine der vornehmsten Tugenden. Wobei diese meines Wissens in der katholischen Kirche eine deutlich geringere Rolle einnimmt als zum Beispiel im Islam.

WINTERKOFFER *(springt entsetzt auf)* Herr Kunz!! Sie wissen schon, dass der Gott der katholischen Kirche der einzige ist, und er nicht will, dass wir andere Götter neben ihm haben?!? *(Er und der Vermieter bekreuzigen sich. Der Pastor setzt sich wieder.)* Der Islam ist keine Religion, sondern ein Irrglaube, eine Brutstätte für Terrorismus. Der Koran ist unmenschlich und zutiefst frauenfeindlich.

MIKE Naja, „Das Weib schweige in der Gemeinde!" ist ja auch nicht gerade sehr emanzipiert.

WINTERKOFFER Der Koran ist brutal und menschenverachtend. Unmenschliche Strafen, wie das Abhacken von

Händen, Steinigung, Auspeitschen werden dort gefordert.

MIKE Gott hat von Abraham gefordert, dass er ihm seinen Sohn als Brandopfer darbringen soll!

WINTERKOFFER Ja, aber doch nur um ihn zu versuchen und dann hat er ihm im letzten Moment befohlen, es nicht zu tun.

MIKE Ja, ganz toll. Das Kind dürfte trotzdem ein Trauma erlitten und jegliches Vertrauen in seinen Vater verloren haben. Der stand schon mit dem Messer daneben und wollte ihn gerade schlachten!

WINTERKOFFER Aber der Koran befiehlt den islamischen Glauben mit Gewalt zu verbreiten!

MIKE Ich mag mir gar nicht vorstellen, wie die Kreuzzüge verlaufen wären, wenn die Christen damals schon ähnliche technische Möglichkeiten und Waffen wie heute gehabt hätten...

WINTERKOFFER Sie wollen doch nicht behaupten...

MIKE Haben Sie den Koran eigentlich mal gelesen?

WINTERKOFFER (*bekreuzigt sich*) Gott bewahre!

KRÄFTIGER Also, Herr Kunz, ich nehme mal mit: Sie finden nicht gut, dass in der Bibel die Frauen unterdrückt werden, also wollen Sie doch sicherlich nicht ihre Unterschrift verweigern, wenn Ihre Frau gerne möchte, dass Sie unterschreiben! Gelle? Und da nun doch auch geklärt ist, dass keine schwulen Islamisten…

MIKE Ich habe nichts gegen Moslems oder Schwule! Und ich glaube auch nicht, dass Gott Homosexuelle weniger liebt als Heteros. In der Bibel steht auch: Alle Gebote erfüllen sich in dem Einen: Liebe deinen Nächsten wie dich selbst! – Das ist für mich deutlich! Liebe ist das Wichtige, nicht wer mit wem!

WINTERKOFFER Was sind Sie eigentlich für einer? *(er macht sich eine kleine Notiz in seiner Bibel)* Hätte ich das gewusst, hätte ich Sie beide damals nicht getraut! Üben Sie überhaupt Ihre ehelichen Pflichten aus?

MIKE Wie bitte?

Der Pastor schaut Gisela fragend an.

GISELA Doch, schon... Es dauert nicht immer sehr lange, aber...

MIKE Gisela!

WINTERKOFFER Ich mache mir wirklich Sorgen um Sie, Herr Kunz! Sie sollten umkehren, Buße tun und unterschreiben! Hören Sie auf Ihre Frau! Denn schon der Apostel Paulus schreibt: „Es ist dem Menschen gut, dass er kein Weib berühre. Aber um der Hurerei willen habe ein jeglicher sein eigen Weib. Der Mann leiste dem Weib die schuldige Freundschaft." Das ist doch wohl deutlich genug!

MIKE Das ist doch wohl völliger Quatsch!

WINTERKOFFER Mein Sohn! Du zweifelst an Gottes Wort?!? Ich weiß ganz genau, dass jedes einzelne Wort in diesem Buch wahr und unumstößlich ist!

MIKE Interessant. Da steht nun also, dass jeder sein eigen Weib haben soll. Haben Sie denn eins?

WINTERKOFFER *(errötend)* Natürlich nicht!

MIKE In den zehn Geboten heißt es ja übrigens: „Du sollst nicht nach dem Haus deines Nächsten verlangen!" Das hört sich für mich an, als wäre Gott gegen die Besucherregel. Was glauben Sie?

WINTERKOFFER Ich glaube an Gott den Vater, den Allmächtigen, den Schöpfer des Himmels und der Erde und an Jesus Christus, seinen eingeborenen Sohn, unseren Herrn...

MIKE Ich kenne das Glaubensbekenntnis auch, aber das hat mit meiner Frage nichts zu tun!

WINTERKOFFER ...empfangen durch den heiligen Geist, geboren von der Jungfrau Maria...

MIKE *(gähnt)* Sind Sie bald durch, mit allem, was Sie auswendig können? Ansonsten hol ich mir lieber ein paar Schnittchen und noch etwas Wein...

GISELA Mike!

WINTERKOFFER Glauben Sie nicht, hier könne jeder einfach glauben, was er will!

KRÄFTIGER Ich nehme also mal mit, Herr Kunz: Sie möchten Ihren Nächsten lieben wie sich selbst. Sie selbst schlafen in diesem Haus, wann immer Sie wollen und die Besuchsregel besagt nichts anderes, als dass ihr Nächster...

MIKE Ich werde das nicht unterschreiben!!! Nicht jetzt. Ich habe zwei Freunde gebeten, mich zu beraten. Sie konnten leider erst heute Abend. Wenn die Herren vielleicht morgen nochmal wieder kommen könnten?

KRÄFTIGER *(steht auf)* Ich nehme dann also mal mit...

MIKE ...den Pastor, wenn das möglich wäre.

WINTERKOFFER (*steht auf*) Eine Unverschämtheit! Das war wirklich deutlich genug! Sie wissen schon, dass man aus der Kirche ausgeschlossen werden kann?

Er geht beleidigt ab. Der Vermieter folgt ihm.

MIKE (*murmelt*) Selig sind die geistlich Armen...

GISELA Na toll! Und ich kann's wieder richten...

Sie läuft den beiden hinterher, öffnet dabei mehrere Knöpfe der Bluse...
Mike starrt den dreien hinterher und schüttelt den Kopf. Er geht zu dem kleinen Spiegel, schaut hinein, geht zum Flügel, will sich gerade setzen, als es klingelt.
Mike öffnet. Herein tritt Herr Finke.

FINKE Mike, altes Haus, wie schaut's aus?

MIKE Nicht so besonders. Ich hab momentan das Gefühl, dass die ganze Welt durchdreht.

FINKE ...und du der einzige Vernünftige bist? Tja, das dachte sich der Geisterfahrer auch, als ihm alle entgegen kamen.

Er lacht. Sie setzen sich.

FINKE Also im Ernst, was ist los?

MIKE Hast du von der Besucherklausel gehört, die jetzt angeblich in allen Mietverträgen stehen muss?

FINKE Natürlich! Ich habe das Gesetz mit verabschiedet! Was für ein Problem gibt es? Wollen sie euch keinen Mieterlass geben?

MIKE Doch, doch. Schon, aber...

FINKE Ah, Gisela will nicht unterschreiben, stimmt's? Meine Frau war auch erst skeptisch, aber ich konnte sie...

MIKE Nein, eigentlich habe eher ich Bedenken.

FINKE Du? Warum?

MIKE Nun ja, es erscheint mir etwas seltsam. Nein, eigentlich total abgedreht, dass ich jeden der will, in mein Haus lassen muss.

FINKE Also, das hätte ich gerade von dir nicht erwartet! Hast du nicht immer gefordert, wir bräuchten eine herzlichere Willkommenskultur in Deutschland?

MIKE Doch, schon. Aber ich meinte eher...

FINKE Aber wenn es dann an die eigene Bequemlichkeit geht, ist es auf einmal nicht mehr recht. So ist kein Staat zu machen! Du weißt schon, dass wir in einer sozialen Marktwirtschaft leben und...

MIKE Was ist denn an unserer Marktwirtschaft noch sozial?

FINKE ...und dass in unserem Grundgesetz steht: Eigentum verpflichtet! Willst du unsere Verfassung in Frage stellen?

MIKE Natürlich nicht. Aber ich dachte, da stände auch was von Unverletzlichkeit der Wohnung.

FINKE Die Würde des Menschen ist unantastbar!

MIKE Was soll das denn jetzt?

FINKE Das ist der erste Artikel unseres Grundgesetzes und...

MIKE Ich weiß, dass das der erste Artikel...

FINKE Und das stellst du in Frage?

MIKE Nein! Ich sagte doch...

FINKE Wir leben in schweren Zeiten. Unsere Kanzlerin hat es in ihrer Neujahrsansprache betont: Wir müssen alle zusammenhalten! Dann können wir aus der Talsohle wieder rauskommen. Und gerade du willst das boykottieren?

MIKE Ich habe doch nicht gesagt...

FINKE Dann verstehe ich dein Problem nicht. Auch Gisela will unterschreiben!

MIKE Ach, Gisela. Die ist halt etwas oberflächlich, die hat doch die wahre Bedeutung gar nicht begriffen.

FINKE Schon mal auf den Gedanken gekommen, dass du die wahre Bedeutung nicht erkennst? Vielleicht hat Gisela bloß viel eher begriffen als du, und fängt an sich mit der Realität zu arrangieren. Es ist nicht immer alles so, wie es uns gefällt. Aber aus dem wie es ist, sollte man dann doch wenigstens das Beste machen und nicht immer irgendwelchen Idealen hinterherlaufen, die man doch nie erreicht. Lieber das Leben genießen, rausholen was zu holen ist. Apropos. Wie viel Mietminderung bekommt ihr?

MIKE 250.

FINKE Wow! Alle Achtung! Ist dein Zögern nur Taktik? Hast du das Spiel vielleicht am besten von uns allen durchschaut? Alter Schlawiner!

Haut ihm auf die Schulter, merkt dann aber, dass das wohl doch nicht so war...

FINKE Hör mal. Ihr habt es hier gut. Du hast eine Arbeit, und wenn du nicht weiter rebellierst, solltest du sie auch behalten dürfen. Ihr habt eine tolle Wohnung, auch wenn sie mal wieder aufgepeppt werden müsste. Soll das da eigentlich ein Spiegel sein? ...Aber die Lage! Wow. Und die Ansicht bei Street-View... Also: Gib dir einen Ruck! Mach es! Das Leben fordert Entscheidungen und das Glück ist mit den Mutigen!
MIKE Aber ein bisschen gesunder Zweifel an dem, was einem so vorgegeben wird...
FINKE ...stört doch nur. Sieh mal, wer hat denn etwas davon? Wir Politiker haben auch anderes zu tun, als die Dinge tausend Mal zu erklären, sonst müssen andere wichtige Dinge aufgeschoben werden, vielleicht sogar Entscheidungen für Kinderbetreuung! Willst du, dass die Kinder nicht betreut werden?
MIKE Also, zu Kinderbetreuung hätte ich da auch noch ein paar Anmerkungen...
FINKE Anmerkungen, Einwände, Bedenken. Du hältst doch alles nur unnötig auf, ohne es je wirklich ganz aufhalten zu können. Die Dinge entwickeln sich sehr schnell und wenn wir überall zögern, verpassen wir

den Anschluss. Du schadest der Allgemeinheit. Du nützt niemandem, du bekommst nur Ärger und womöglich sogar weniger Geld!

MIKE Naja, Geld ist nun wirklich nicht das Wichtigste!

FINKE Was für eine arrogante Einstellung! Sag das mal all den vielen, die an der Armutsgrenze leben und nicht wissen, wie sie ihre Familie morgen versorgen sollen!

MIKE Ich sag doch nicht, dass man darauf verzichten kann, aber es gibt halt Wichtigeres: Zeit, Glück, Freiheit und seine Ruhe haben, wenn man seine Ruhe braucht, ohne die Befürchtung, dass gleich jemand vorbei kommt.

FINKE Das sagst ausgerechnet du? Wer war denn immer dafür, dass wir alle Flüchtlinge aufnehmen? Aber jetzt wo es ernst wird, wo vielleicht auch mal einer bei dir wohnen soll, da bist du auf einmal gegen Fremde, die in dein Haus kommen? Interessant! Ja..., wirklich interessant. Das bringt mich auf einen guten Gedanken. Denen könnten wir die Schuld in die Schuhe schieben...

MIKE Wem? Was? Ich verstehe nicht ganz.

FINKE Du musst ja auch nicht alles selber verstehen! Dafür haben wir doch die parlamentarische Demokratie! Du hast Politiker gewählt, die für dich verstehen und die befragen Fachleute, die ihnen beim Verstehen helfen. Du musst dir nicht um alles Gedanken machen. Wenn die Experten sagen, dass die Besucherklausel gut ist, meine Güte, wozu sich noch die Arbeit machen?

MIKE Ich denke schon gerne selber.

FINKE Na toll. Stell dir vor, das würde jeder machen! Da können wir die parlamentarische Demokratie ja gleich abschaffen! Willst du die Demokratie abschaffen?
MIKE Natürlich nicht. Ich würde nur gerne... Ich weiß auch nicht so genau.
FINKE Ich fasse mal zusammen: Du weißt nicht so genau, verstehst nicht ganz, willst aber auf keinen Fall auf die hören, die von der Mehrheit gewählt worden sind und die Bescheid wissen. Das macht keinen Sinn! Du verweigerst dich jeglichem gesellschaftlichen Zusammenhalt und Fortschritt. Das ist egoistisch und fernab von jeglichem Gemeinsinn! Mit dieser Einstellung kannst du vielleicht irgendwo fernab der Zivilisation als Einsiedler leben oder in der Toskana Wein anbauen, aber doch nicht hier am Wohlstand teilhaben.
MIKE In der Toskana könnte man so leben?

Gisela kommt wieder.

FINKE Hallo Gisela!
GISELA Hallo Heinz!
MIKE Ihr kennt euch?

Beide etwas verlegen.

GISELA Äh, ja, flüchtig. Möchtest du was trinken?
FINKE Gerne. Hast du noch etwas von dem Hennessy?
GISELA Klar!

MIKE Wir haben Hennessy?

Gisela kommt mit dem Cognac aus der Küche, schenkt sich und Finke ein Glas ein, stößt mit ihm an und geht dann zu ihrem Schreibtisch.

MIKE Danke. Ich wollte tatsächlich keinen. Woher kennt ihr euch?
FINKE *(zu Gisela)* Wir haben uns gerade über die Besucherklausel unterhalten.
GISELA Und..., unterschreibt er endlich?
MIKE Nein.
FINKE Nein? Ich habe Dir doch gerade die Zusammenhänge erklärt. Was verstehst du denn immer noch nicht?
MIKE Oh, ganz vieles! Zum Beispiel: Bei so einer entscheidenden Änderung, das kann doch nicht einfach gemacht werden, ohne dass das Volk befragt, oder wenigstens informiert wird.
FINKE Oh, es wurde informiert und befragt.
MIKE Also, ich nicht.
FINKE Es war in fast allen großen Zeitungen. Es wurde umfassend aufgeklärt und danach war eine überwältigende Mehrheit dafür.
MIKE Wann und in welchen Zeitungen denn? Im Kurier habe ich nichts gesehen.
FINKE An Details kann ich mich nicht mehr erinnern.
MIKE Ich habe da nichts von mitbekommen. Du Gisela?

GISELA Ja, ich erinnere mich. Da war diese Serie in „Bild der Frau". Da waren Erfahrungsberichte über dieses Besuchen. Wie war das noch? Ich glaube, in Baden-Württemberg haben sie das zuerst getestet. Die waren alle sehr zufrieden.

Sie kramt unterm Tisch. Holt eine „Bild der Frau" hervor:

GISELA Hier guck: Durchtrainierte junge Männer, die nach dem Sport schnell mal zum Duschen vorbei kommen. Am besten fand ich aber den Erfahrungsbericht über die amerikanische Boygroup, die nach dem Konzert bei einer Frau in Stuttgart übernachtet hat... Wo habe ich den nur?

Sie sucht weiter unterm Tisch.

MIKE (*zu Finke*) Ich nehme an, in der normalen Bild waren das eher Girlgroups und willenlose, betrunkene Studentinnen nach Kneipen- oder Discobesuchen?
FINKE Wie gesagt, an Details kann ich mich nicht mehr erinnern. Aber eine überwältigende Mehrheit...
MIKE ...der Bildleser...
FINKE ...Die Umfrage war jedenfalls repräsentativ!
MIKE Ich nehme an, die Details zur Fragestellung sind dir auch nicht mehr präsent?
FINKE (*zuckt die Schultern*) Die Akzeptanz in der Bevölkerung ist, nach unseren bisherigen Erfahrungen, sehr

hoch. Man kann es natürlich nicht immer jedem Recht machen. Die Opposition findet immer etwas zu meckern. Ich finde, du solltest dich nicht auf dieses destruktive Niveau herablassen! Meine Güte, wir haben halt wirklich auch noch anderes und vor allem Wichtigeres zu tun, und auch in deinem Leben gibt es Wichtigeres! Ich finde es zum Beispiel sehr beunruhigend, dass du, nur weil du gerade ein bisschen durcheinander bist, einfach nicht zur Arbeit gehst! Du kannst doch nicht jedes Mal, wenn du etwas zum Nachdenken hast, zuhause bleiben! Das ist die Einstellung, die unsere südlichen Nachbarn an den Rand des Abgrunds gebracht hat! Willst du bei uns auch eine Jugendarbeitslosigkeit von 45 Prozent haben? *(Mike schüttelt den Kopf.)* Na also! Wir ständen nicht so gut da in Europa, wenn jeder, der was zum Grübeln hat, einfach mal zuhause bliebe! In deiner Freizeit kannst du ja machen was du willst, aber...

MIKE Wir stehen gut da? Ich denke, wir haben schwere Zeiten?

Finke ist für einen kurzen Moment lang deutlich aus dem Konzept gebracht. Er nimmt einen Schluck Cognac, steht auf und beginnt dann im typischen Ton einer Politikerrede:

FINKE Ein guter Einwand! Bevor ich darauf antworte, lass mich dir kurz Folgendes sagen: Wenn du mit den Menschen sprichst, auf der Straße, im Cafe, bei ihnen zu Hause; wenn du die Menschen da abholst, wo sie stehen und dich nicht nur auf Umfragen und Statistiken verlässt, denn Umfragen sind ja immer nur eine Momentaufnahme. Nein, wenn du die Gesamtsituation ganzheitlich betrachtest, die politischen Sachzwänge auch, aber im Vordergrund immer das Allgemeinwohl, das soziale Gefüge, das unsere Welt in ihrem Innersten zusammenhält, die Familie als Fundament unserer Gesellschaft! Realpolitik muss sich um den Menschen kümmern, muss aber auch die Wirklichkeit akzeptieren. Freiheit ist ein großer Traum. Aber soziale Verantwortung heißt auch, Einschnitte hinnehmen, zum Wohle der Gesellschaft. Ich sage in aller Deutlichkeit: Ich bin ein glühender Befürworter konsensfähiger, demokratisch legitimierter Standpunkte. Aber wir müssen erst die Rahmenbedingungen dafür schaffen. Das geht nicht von heute auf morgen. Auch noch nicht übermorgen. Ein langer Atem und Entschlossenheit sind gefragt, nicht kleingeistiges Hinterfragen. Wir müssen auch mal eine Sache durchhalten, die Ergebnisse in Ruhe abwarten, nicht hektisch immer wieder alles reformieren. Da kann doch nichts reifen. Der Beschluss ist gefasst, das zarte Pflänzchen ist eingesetzt und nun müssen wir Geduld haben. Dinge müssen auch in Ruhe wachsen können. Wir werden, denn das ist unsere Aufgabe, eine sozialverträgliche Lösung, für die Probleme, um die wir sehr wohl wissen! Alle Möglichkeiten, aber auch alle Bedenken müssen ernsthaft geprüft werden. Unsere Aufgabe ist es, die Fakten den gewünschten Gegebenheiten anzupassen. Wenn wir die Angelegenheit mit gesundem Menschenverstand zu Ende bringen, wenn wir alle am gleichen Strang ziehen, so ist dies der erste Schritt in die richtige Richtung. Jeder, der jetzt nicht mitzieht, ist dafür verantwortlich, wenn wir nicht weiterkommen. Es hat lange genug zu viele Bedenken gegeben. So kann das nicht ewig weitergehen! Wir dürfen nicht zurück schauen, wir müssen die Zukunft gestalten! Es geht darum, gemeinsam das Ziel anzustreben, zusammen zu arbeiten, Hand in Hand. Handeln statt zu reden, gemeinsam, alle, für alle. Wir sind auf einem guten Weg! Wenn wir zusammen stehen und gehen und dann unseren Kopf stolz erheben, dann sehen wir in der Ferne das Licht am Ende des Tunnels! Ich danke Ihnen!

Er steht mit erhobenem Haupt, den Applaus erwartend.

MIKE Entschuldige, aber das ist doch alles inhaltsleerer Unsinn!

FINKE *(konsterniert)* Aber..., also... Du hast von Politik wirklich keine Ahnung!

MIKE Hat die Politik denn Ahnung von mir?

FINKE Wir machen hier Politik für Menschen und die meisten sind sehr zufrieden mit uns! Und das lasse ich mir von dir nicht schlecht reden! Wir sind die erfolgreichste Regierung der letzten Jahrzehnte! Vor drei Monaten haben wir zum Beispiel eine umfassende Reform des Gesundheitssystems beschlossen. Dadurch konnten wir die Zahl der Krebskranken deutlich senken. Das nenne ich bürgernahe Politik!

MIKE Ihr habt was?

FINKE Die Zahl der...

MIKE Das habe ich vernommen. Aber man kann doch eine Krankheit nicht einfach durch Beschluss heilen!

FINKE Doch, wirklich. Ich war auch erstaunt. Aber eine hochkarätig besetzte Arbeitsgruppe mit Chefärzten, Professoren, dem Medizinischen Dienst und wichtigen Vertretern der Pharmaindustrie haben uns das..., also, das sind ja alles Fachleute! Und glaub mir, so eine Kommission ist nicht gerade billig. Aber für die Gesundheit unserer Pharma..., äh, unserer Bürger ist uns nichts zu teuer! Es ist ja auch irgendwie eine Sache der Definition, wer woran erkrankt ist. Aber das kannst ja nicht du entscheiden, nicht mal wir, das können nur Fachleute wirklich beurteilen! Jedenfalls kam gerade gestern die neue Statistik raus: Fast 20 Prozent weniger an Krebs Erkranke in Deutschland. Und das in drei Monaten! Ohne Erhöhung der Lohnnebenkosten! Eine erfolgreichere und humanere Gesundheitspolitik hat es in Deutschland nie gegeben!

MIKE Aber das ist doch Verarschung der Bürger!

FINKE Nein. Du irrst. Die Bürger sehen das genauso wie wir. Sie sind mit überwältigender Mehrheit für eine effizientere Gesundheitspolitik. Das Ergebnis einer repräsentativen Umfrage unter 4000 Wahlberechtigten ergab: 90,3 Prozent der Bundesbürger sind für eine Reduzierung der Krebsrate!

MIKE Das mag ja sein. Aber hier geht es doch nicht um eine Meinung oder Wollen, sondern um Wissen, Fakten. Es ist doch medizinisch unmöglich...

FINKE Entschuldige, aber ich glaube du bist einfach ein schlechter Verlierer! Neun von zehn Bürgern sind sich sicher, dass das so am besten ist! Es wirft kein gutes Licht auf dein Demokratieverständnis, wenn du trotzdem auf deiner Meinung beharrst.

MIKE Ich beharre nicht auf meiner Meinung, sondern...

FINKE Ah, du beharrst also nicht mehr darauf. Ich bin ehrlich gesagt erleichtert. Die Demokratie ist ein hohes Gut...

MIKE *(resigniert)* Und was beschließt ihr sonst noch so?

FINKE Als nächstes ein Gesetz, dass jegliche Form von Sterbehilfe verbietet!

MIKE Und dabei hast du ein gutes Gefühl?

FINKE Gefühl? Gefühle sind etwas Nettes für den Feierabend, aber doch nicht für politische Entscheidungen! Fakten, Fakten! Ich kann keine Entscheidungen fällen nach Gefühlen. Ich muss mit Zahlen und Fakten aufzeigen können, wo die Probleme liegen und wie wir sie lösen können. Glaub mir, ich handel nicht nach Gefühl. Ich weiß genau, was ich tue.

MIKE Und hast du auch Zahlen darüber, wie viele Probleme du mit deinen Entscheidungen wirklich gelöst hast?

FINKE Ich wurde schon zweimal wiedergewählt. Das ist wohl deutlich genug.

MIKE Ist das aber nicht eher ein Gefühl, als ein Fakt?
FINKE Sie hatten mich gewarnt, dass es schlimm mit dir steht, aber dass es so schlimm ist...

Es klingelt. Beide erheben sich.

FINKE Nichts für ungut. Ich kann doch trotzdem diesen Sonntag mit deiner Stimme rechnen?
MIKE *(leise)* Stimme? Ich bin momentan eher sprachlos.

Finke schaut ihn kopfschüttelnd an und geht ab.
Es erscheint Bettina Blasberg. Sie trägt, obwohl es nach der Kleidung aller anderen Personen zu urteilen eher warm sein muss, eine Wollmütze mit Bommel und einen Schal, der ihren Mund verdeckt. Sie spricht dadurch etwas dumpf, aber gut verständlich.

MIKE Grüß dich, Bettina! Darf ich dir etwas abnehmen?
BETTINA Danke, nein. Ich behalte das lieber an. Mir ist kalt.
MIKE Das ist Gisela, meine Frau. *(Gisela nickt kurz.)* Gisela, das ist Bettina, eine alte Schulfreundin. Sie ist Psychologin. *(Bettina nickt kurz.)*

Sie setzen sich.

BETTINA Du wolltest mit mir über etwas reden?
MIKE Ja. Hast du von dieser Besucherklausel in den neuen Mietverträgen gehört?

BETTINA Oh ja. Schlimme Sache das! Ich hab mich so aufgeregt, dass ich fast eine Woche lang nicht schlafen konnte.

MIKE (*seufzt erleichtert*) Und ich dachte schon langsam, ich wäre der Einzige, den das stört.

BETTINA Nein! Ganz bestimmt nicht! Und es ist ja nicht das Einzige! Ich habe keine Ahnung, was momentan los ist, aber ich verstehe die Welt nicht mehr. Bis vor ein paar Monaten dachte ich, mein Leben wäre sortiert, alles funktioniert und dann bricht eins nach dem anderen weg.

MIKE Das kommt mir so bekannt vor!

BETTINA Da waren Werte und Institutionen, auf die ich mich verlassen konnte und auf einmal drehen alle durch. Alles ist mir abhanden gekommen: Der Glaube an die Kirche, an die Demokratie, an meine Hausbank, an den ADAC...

MIKE (*entsetzt*) Auch der ADAC?!?

BETTINA Ja, auch an den ADAC. An meinen Hausarzt, an die Medizin im Allgemeinen... Das hat doch 40 Jahre alles gut funktioniert, was ist auf einmal los? Und plötzlich fielen mir viele kleine Begebenheiten ein, bei denen ich früher schon gedacht hatte: Das kann doch nicht sein! Damals habe ich mich beruhigt: Das sind Ausnahmen, die die Regel bestätigen. Im Großen und Ganzen funktioniert doch alles. Nein! Es gibt kein funktionierendes Großes und Ganzes, es gibt nur Vereinfachungen und Regeln, die uns aufgedrückt werden. Der Verlust allen Glaubens, allen Vertrauens, macht ungeheuer haltlos, aber auch ungeheuer frei. Ob du es als Untergang oder als Chance ansiehst, das liegt ganz alleine bei dir!

MIKE Es ist ja schon fast peinlich, wie gut es einem tut, wenn man hört, dass auch eines anderen Welt zusammengebrochen ist... Um noch mal auf die Besucherklausel zurück zu kommen...

BETTINA Ja, die Besucherklausel. Das ist ein fundamentaler Eingriff in unsere Grundrechte, den wir so nicht hinnehmen können. Ich demonstriere schon seit Wochen dagegen!

MIKE Das ist ja erfreulich. Da habe ich noch gar nichts von gehört.

BETTINA Kein Wunder. Wir werden von den Mainstreammedien ja auch totgeschwiegen. Aber das wird ihnen nicht mehr lange gelingen, wir werden immer mehr. Wir treffen uns jeden Mittwoch vor dem Rathaus und das in allen großen Städten in Deutschland, inzwischen auch in Österreich. Komm doch auch!

MIKE Das werde ich machen. Und ihr demonstriert da gegen die Besucherklausel?

BETTINA Nicht nur das. Auch gegen andere schlimme Missstände! Umweltverschmutzung, Korruption, Krieg, Walfang, Rassenhass, Fracking, Waldsterben, Gewalt, Kindesmissbrauch, Atomenergie, Castortransporte, Massentierhaltung, Beschneidung von Frauen...

MIKE Ist das nicht ein bisschen viel auf einmal?

BETTINA Bist du denn etwa für das alles?

MIKE Nein, natürlich nicht. Aber wenn man gegen so viel ist...

BETTINA Wir sind gegen Alles! Ausbeutung der Dritten Welt, Gentechnik, Unterdrückung der Frauen, krankmachender Lärm, Aspertam, Mobbing, die Schließung von Schlecker, Sklaverei, Mangelernährung, Aids, Preiserhöhung bei Frischmilch, Zwangsheirat, Adipositas, Chemtrails, die Arbeitsbedingungen bei Amazon, Prostitution, die vorgeschriebenen Maße für Supermodels, Sommerzeit, Klimawandel, die Erhöhung der Benzinpreise vor der Hauptreisezeit...

MIKE *(murmelt)* Da habe ich jahrelang gehofft, dass in Deutschland endlich wieder flächendeckend gegen soziale Missstände demonstriert wird und dann kommt sowas dabei raus?

BETTINA Wie bitte?

MIKE Könnte es nicht vielleicht passieren, dass bei der Fülle von Themen, ein einzelnes Problem wie die Besucherklausel etwas untergeht?

BETTINA Die was?

MIKE Die Besucherklausel.

BETTINA Ach ja, aber die hatten wir doch jetzt schon. Es gibt noch so viele andere schlimme Sachen auf der Welt.

MIKE Das mag ja sein. Aber habt ihr denn auch irgendeine Alternative?

BETTINA Eine Alternative?

MIKE Naja. Ihr seid doch gegen alles. Wenn ihr dann alles erfolgreich wegdemonstriert habt. Was bleibt übrig? Was für ein System soll dann sein?

BETTINA Wir wollen auf keinen Fall ein System! Wir wollen einfach nur Frieden!

MIKE Klingt realistisch... Nein. Im Ernst, ihr müsst doch wissen...

BETTINA Wissen gehört auch zum System! Wir sind eine Wissensgesellschaft. Wissen ist Macht. Die Mächtigen haben begriffen, dass Wissen ihnen gefährlich werden könnte. Wie zerstört man Wissen am nachhaltigsten? - Mit Gegenwissen. Genau das Gegenteil solange behaupten und mit Studien belegen, bis du beides auf einmal und damit gar nichts mehr weißt. Weißt du noch welcher Quelle du Glauben schenken kannst? Ich jedenfalls nicht. Selbst wenn ich wüsste, dass mein Gegenüber meint, was er sagt, weiß ich trotzdem nicht, ob er weiß, was er sagt, oder ob er einer Falschinformation aufgesessen ist. Wie soll ich Zeitungen, TV oder sonstigen Quellen vertrauen?

Wissen, Desinformation, das sind alles Waffen im Krieg der uns umgibt. Du kannst Gewalt nicht mit Gewalt bekämpfen, du musst Liebe dagegen setzen. Du kannst Wissen nicht mit Wissen bekämpfen, du musst Gefühle dagegen setzen.

Ich weiß nichts, aber ich fühle. Ich weiß nicht, was ich fühle, ich sortiere es nicht ein, ich fühle einfach. Seither ist es deutlich intensiver. Vielleicht fühle ich auch gar nicht selber. Ich lasse Gefühle durch mich durch,

ich bin eine Saite, die durch Gefühle zum Klingen gebracht wird, ich lasse fühlen, ich bin ein Medium und die meiste Zeit genieße ich das. *(Sie schaut verträumt ins Leere.)*
Wir sollten alle mehr auf unsere Gefühle hören, bis wir alle im Frieden in dem einen großen Gefühl zusammen schwingen...

MIKE In dem einen großen Gefühl der Verwirrung?

BETTINA *(aus der Träumerei erwachend)* Bitte? Ach ja, du bist ja noch in der Phase... Zusammenbrechende Welt und so... Dabei waren wir zu dem Schlimmsten noch gar nicht gekommen. Weißt du etwas über die NSA?

MIKE Den amerikanischen Geheimdienst, der unsere Mails und Telefongespräche überwacht?

BETTINA Das ist das, was allgemein bekannt ist, aber in Wirklichkeit...

Sie rutscht etwas näher und spricht deutlich leiser

BETTINA Sie hören uns auch jetzt zu, deswegen habe ich diesen Schal vor dem Mund.

MIKE Sie hö...

BETTINA Antworte jetzt bloß nicht laut! Ohne Schal können sie dich nämlich gut verstehen und sie sollen nicht wissen, was ich weiß. Das ist ein Spezialschal, aus russischem Wolfsfell. Das wirkt wie eine Chiffrierung. Meine Schallwellen sind nur im Umkreis von 5 Metern zu verstehen, danach brechen sie auseinander. Genial, was?!? Du solltest dir auch einen zulegen!

MIKE Ich soll...
BETTINA Oh Shit! Du hast keine Mütze! Schnell, denk an etwas anderes!
MIKE Bitte?
BETTINA *(noch näher, noch leiser)* Sie können auch unsere Gedanken lesen. Zumindest, wenn wir uns nicht schützen. Das ist aber relativ einfach: Eine dünne Schicht Aluminium in die Mütze...

Sie zeigt ihm kurz den glänzenden Innenteil der Mütze, zieht sie aber schnell wieder auf.

BETTINA Hast du Aluminium im Haus? Wir könnten dir eine Mütze basteln.
MIKE Moment.

Er geht in die Küche und kommt mit einem Topf über dem Kopf wieder.

MIKE Das sollte für einen Moment reichen.
BETTINA Der steht dir gut! Aber auf die Dauer solltest du dir auch eine Mütze zulegen.
MIKE Ich glaube, da gewöhne ich mir lieber das Denken ab.
BETTINA Das wäre natürlich noch besser. Wusstest du, dass die meisten Krankheiten durch zu viel Denken und Grübeln entstehen?

MIKE Erscheint nicht völlig abwegig. Was empfiehlst du so gegen das Denken? Alkohol?

BETTINA Nein!

MIKE Drogen? Du siehst ehrlich gesagt dermaßen entspannt aus...

BETTINA Nun, ich kann auch völlig entspannt sein; es dauert ja nur noch drei Wochen.

MIKE Was?

BETTINA Weißt du, ich hatte immer das Gefühl, hier völlig falsch zu sein; nicht zu den anderen zu passen. Ich bin eigentlich für etwas ganz anderes bestimmt. Eine Fremde, die aus Versehen auf diesem Planeten gelandet ist...

MIKE Ja, das Gefühl kenne ich nur zu gut.

BETTINA Ich weiß jetzt, warum das so ist.

MIKE Erzähl!

BETTINA (*wieder nah und leise*) Ich werde in drei Wochen von meinem außerirdischen Vater abgeholt.

Mike fällt der Topf vom Kopf.

MIKE Was?!?

Bettina gibt ihm Zeichen, den Topf wieder aufzusetzen. Mike tut es.

BETTINA Ja, ich hatte eine Nachricht in meiner Mehltüte.

Der Topf fällt wieder runter.

GISELA *(ohne vom Bildschirm wegzugucken)* Könnt ihr bitte etwas leiser spielen?!

MIKE *(den Topf wieder aufsetzend)* In der Mehltüte?

BETTINA Pssst! Nicht so laut! Ja, in der Mehltüte. Genial, nicht? Durch Mehl kommen sie nämlich auch nicht durch.

MIKE Du hast also einen außerirdischen Vater?

BETTINA Ja! Ich weiß es auch erst seit letztem Mittwoch. Ich hab ja meinen Vater nie kennengelernt und meine Mutter hat immer gesagt, er wäre nicht so ganz von dieser Welt gewesen. Aber ich ahnte ja nicht, was sie meinte. Also: Ich stand bei der Demo, lauschte den Rednern und spürte die wunderbar positive Energie der Sonne, die meine Seele durchflutete und belebte, als ich auf einmal eine Stimme hörte.

MIKE Den Redner?

BETTINA Nein! Eine Stimme aus der Sonne! Sie sprach von Liebe, Frieden und Fischbrötchen.

MIKE Fischbrötchen?!? *(kann den Topf gerade noch festhalten)*

BETTINA Ja, ich habe mich auch erst gewundert. Doch dann habe ich verstanden!

MIKE Was?

BETTINA Woraus werden Fischbrötchen gemacht?

MIKE Fisch und Brötchen?

BETTINA Genau. Ich bin Sternzeichen Fisch und Brötchen werden aus Weizenmehl gemacht. Genial, oder? Ich hab gleich zuhause in der Mehltüte nachgeschaut.

MIKE Und da war eine Nachricht von deinem Vater?

BETTINA Ja. Das hat er wirklich schlau gemacht! Sie sind uns einfach so weit überlegen! Und doch hat er meine Mutter ausgesucht... Er hat mich damals mit ihr in Woodstock gezeugt und nun, wo meine Mutter nicht mehr lebt, will er mich zu sich holen... Ich freue mich so sehr. Er lebt auf einem Stern der Liebe und des Friedens...

MIKE *(fast tonlos)* ...und der Fischbrötchen...

BETTINA Bitte?

MIKE Ach nichts...

Mike starrt sie ungläubig an. Sie starrt verträumt aus dem Fenster.

BETTINA Also. Du weißt jetzt ja, was du tun musst. Geh einfach mittwochs auf die Demo, dann wird das schon. Auch du wirst deinen Weg dort finden!

MIKE Ja, Danke. Danke für deine... Hilfe. Ich...

BETTINA *(legt ihm die Hand auf den Arm)* Ich weiß schon. Es ist nicht leicht. Aber das Universum ist auf deiner Seite. Wenn du Hilfe brauchst, wird es dir Hilfe schicken. Ich habe auch Hilfe bekommen. Es muss bei dir keine Mehltüte sein. Ich hatte auch mit anderem gerechnet. Es wird anders sein, als du erwartest hast, aber dir wird geholfen werden. Das weiß ich ganz genau!

Sie stehen auf, umarmen sich kurz. Sie geht.
Mike starrt noch eine Weile hinterher. Er schüttelt den Kopf und kommt zurück ins Zimmer.

MIKE Das kann sie doch unmöglich ernst gemeint haben!
GISELA Ja, ich fand die Zusammenstellung der Bekleidung auch unmöglich. Aber, mein Gott, wenn man erkältet ist. Du hättest ihr einen heißen Tee anbieten sollen! Übrigens: Wir dürfen doch weiter in der Kirche bleiben. Aber das ist jetzt das letzte Mal, dass ich dich irgendwo rausreiße! Wenn du nicht endlich Vernunft annimmst, werde ich Doktor Vonnöten anrufen müssen. Er hat mir ja damals schon gesagt, dass mit dir ernsthaft was nicht stimmt.
MIKE Da hatte ich einen Zusammenbruch, weil mein Vater verstorben war.
GISELA Du hattest eine aggressive Psychose und eine beginnende Demenz. Ich habe eine Kopie von dem Befund hier.
MIKE So ein Quatsch. Ich war nur furchtbar sauer auf die Ärzte in der Klinik. Durch deren Fehler ist mein Vater doch gestorben!
GISELA Es kommt halt nicht gut, vor einem Arzt zu schimpfen, dass alle Ärzte unfähige Quacksalber seien.
MIKE Aber ich meinte doch die im Krankenhaus!

GISELA Nun, für Doktor Vonnöten hörte es sich so an...
MIKE Der hat mir doch gar nicht richtig zugehört!
GISELA Richtig weghören konnte er aber auch nicht. Du wurdest sehr laut damals...
MIKE Weil er... Ach, ist ja egal! Jedenfalls bin ich kein Psychopath und habe schon gar keine beginnende Demenz! Ich weiß gar nicht mehr, wie er darauf gekommen war.

Gisela schaut ihn vielsagend an.

MIKE Was?
GISELA Du hast also vergessen, weswegen dir eine beginnende Demenz bescheinigt wurde? Manchmal beantwortet das nicht beantworten können einer Frage ja die Frage...
MIKE Ach, hör auf! Es war so dermaßen abstrus, dass ich es weder ernst nehmen noch behalten wollte. Ich war in einer Ausnahmesituation! Also, wie kam er auf Demenz?
GISELA Du hattest deine guten Manieren vergessen!

Mike starrt sie einen längeren Moment mit offen stehendem Mund sprachlos an.

MIKE Ich muss mich korrigieren: Auch Doktor Vonnöten gehört zu den unfähigen Quacksalbern!
GISELA Du kannst nicht damit umgehen, wenn man dich kritisiert!

MIKE Ich bin einfach nur noch müde.

GISELA Siehst du? Schon wieder weichst du aus! Wovon bist du denn müde, bitteschön?

MIKE Wenn man die Welt nicht mehr versteht, kann allein schon das einfache Existieren sehr ermattend sein...

Gisela schüttelt den Kopf, geht zu ihrem Tisch, tippt am Laptop.
Mike legt sich das Kopfkissen auf der Couch zurecht und legt sich dann mit dem Rücken zu ihr hin.
Vorhang.

3. Akt

Gleicher Raum, gleiche Möbel.
Gisela sitzt am Laptop, neben ihr ein Glas und die Flasche mit Weißwein.
Mike auf dem Sofa, ein Buch lesend. Auf dem Couchtisch Teekanne und Teetasse.
An der Decke hängt eine neue, moderne Lampe (Strahler).
Beide schlecht gelaunt.

MIKE Ob heute wohl ein Herr „Am Kräftigsten" kommt?
GISELA Welcher Herr Kräftigsten?
MIKE Ach, nichts.

Es klingelt. Mike öffnet.
Der Vermieter (immer noch Herr Kräftiger), Martha und Vivien treten herein.
Martha ein rothaariger Vamp, mit einer teuer aussehenden Handtasche.
Vivien blond, hübsch, von ihrem Auftreten eher unscheinbar, zurückhaltend.

KRÄFTIGER Einen wunderschönen guten Tag. Ich darf
 Ihnen Ihre ersten Gäste vorstellen: Martha Redgood
 und Vivien Fairwell.
MIKE Aber ich habe den Vertrag nicht unterschrieben!
GISELA: Nun sei doch nicht so unhöflich! Herzlich Willkommen! Ich bin Gisela.

MIKE Es tut mir leid. Nichts gegen Sie, aber es liegt hier wohl ein Missverständnis vor. Wir haben nie einer Besucherklausel zugestimmt.
KRÄFTIGER Doch. Das haben Sie. Auch in Ihrem alten Vertrag ist auf Seite 17 eine Besucherklausel, wenn auch lediglich für eine Nacht.
MIKE Nein!
KRÄFTIGER Doch!

Er klappt seine Tasche auf und holt ein Vertragswerk raus.

KRÄFTIGER Hier! Seite 17. Lesen Sie selbst. Das haben Sie unterschrieben!
MIKE *(nach einem kurzen Blick)* Aber da geht es darum, dass ich Handwerker rein lassen muss, wenn ein Wasserschaden entsteht!
KRÄFTIGER Nun, der Vertrag wurde ja inzwischen ein paar Mal ergänzt und leicht abgeändert. Sie haben jedes Mal unterschrieben! Und unsere Anwälte sind der Ansicht, dass Seite 17 durchaus ein Besuchsrecht für eine Nacht hergibt, solange die Besucher sich irgendwie handwerklich betätigen. Und falls Sie das noch nicht überzeugt... Hier! Seite 21.
MIKE Eigenbedarf des Vermieters. Aber da geht es doch um Kündigungsfristen.
KRÄFTIGER Ja, da geht es darum, dass Sie gekündigt bekommen können, wenn der Vermieter Eigenbedarf hat.

Und glauben Sie mir, sowas hat man ganz spontan mal...

MIKE Das ist Erpressung!

KRÄFTIGER Das ist das gute Recht des Vermieters.

GISELA Ich will hier nicht raus!

KRÄFTIGER Wenn jetzt alle mal wieder Vernunft annehmen, wird das ja hoffentlich auch nicht nötig sein! Herr Kunz, wenn Sie sich einfach mal beruhigen könnten. Die ganze Aufregung ist völlig übertrieben! Die beiden Damen übernachten nicht mal hier, obwohl sie das dürften, sie wollen sich doch nur kurz frisch machen, für das Konzert in der Stadthalle heute Abend. Das ist ja wohl nun wirklich nicht zu viel verlangt!

GISELA Das sehe ich genauso!

MIKE Entschuldigen Sie, das ist alles nicht gegen Sie. Kommen Sie rein und machen Sie sich frisch. Aber mit Ihnen muss ich noch reden, Herr Kräftiger!

KRÄFTIGER Es tut mir leid, aber ich muss zurück ins Büro. Ich betreue ja nicht nur sie.

MIKE Ich werde das nicht dulden!

Der Vermieter dreht sich noch einmal um, streckt sich zu voller Größe und hält ihm den alten Vertrag unter die Nase:

KRÄFTIGER Sie haben diesen Vertrag unterschrieben! Ich lasse Ihnen den gerne hier. Der ist sowieso Geschichte. Sie bekommen die nächsten Tage den neuen Vertrag mit der Mieterhöhung zugeschickt. Dagegen können

Sie sich auch wehren, dann fliegen Sie halt raus. Auch gegen die Besuche können Sie sich wehren... Aber wir haben die besseren Anwälte. Wir können das, wenn Sie unbedingt wollen, jedes Mal mit Polizei und Beugehaft durchsetzen lassen. Es wäre allerdings für alle Beteiligten angenehmer, wenn sie endlich ihre idiotischen Vorbehalte beiseiteschieben könnten. Meine Güte. Warum haben Sie nicht unterschrieben? Es hätte sich doch fast nichts geändert, außer dass Sie auf einmal deutlich mehr Geld gehabt hätten und sich endlich einen vernünftigen Spiegel hätten kaufen können...
Tja, jetzt ist es zu spät! Einen schönen Tag noch allerseits! *(Er geht.)*

GISELA Na toll! Das hast du jetzt davon. Es kommen trotzdem Gäste und wir haben weniger Geld als je zuvor! Wahrscheinlich machst du das nur, damit du deinen blöden Spiegel behalten kannst. Ich gehe mal zu unserem Vermieter und schaue, ob sich noch was machen lässt!

Beim Rausgehen reißt sie sich das Hemd vom Leib und ist somit oben nur noch mit einem Spitzen-BH bekleidet...
Mike starrt ungläubig hinter den beiden her. Martha und Vivien stehen etwas ratlos neben ihm...

MARTHA Wenn Sie mir bitte die Dusche zeigen könnten? Das Konzert beginnt in drei Stunden und ich würde gerne vorher auch noch etwas essen.

MIKE Das Bad ist hinter der Küche links. Handtücher sind im Schrank neben der Dusche.
MARTHA Ist im Bad auch ein vernünftiger Spiegel?
MIKE Ja.

Martha geht aus dem Raum, nachdem sie die Handtasche auf dem Glastisch neben die Vase gestellt hat.

VIVIEN Mir ist das alles furchtbar peinlich! Ich wusste nicht, dass Sie nicht einverstanden sind. Es tut mir sehr leid! Soll ich lieber gehen?
MIKE Nein, nein. Wollen Sie sich nicht auch frisch machen?
VIVIEN Oh! Sehe ich aus, als müsste ich mich frisch machen? Eigentlich hatte ich mich schon zuhause fertig gemacht.

Mike schaut sie das erste Mal näher und länger an.

MIKE Nein! Entschuldigen Sie. Das war achtlos von mir. Sie sehen perfekt aus!

Sie lächeln beide verlegen. Schweigen.

MIKE Setzen Sie sich. Möchten Sie etwas trinken?
VIVIEN Oh. Zu einem Schluck von dem Chianti hier würde ich nicht Nein sagen.

Mike holt ein Glas aus der Küche, schüttet ihr ein und beide setzen sich auf die Couch. Im Hintergrund sind Duschgeräusche zu hören...

MIKE Ich heiße übrigens Mike.
VIVIEN Vivien.
MIKE Prost.
VIVIEN Prost.

Beide schauen im Zimmer umher.

VIVIEN Ein schönes Bücherregal habt ihr. Liest du viel?
MIKE Immer wenn ich Zeit habe. Das ist leider viel zu selten.
VIVIEN Und spielst du auch Klavier?
MIKE Ja.
VIVIEN Spielst du mir was vor?
MIKE Gerne.

Mike spielt das Stück aus dem ersten Akt. Vivien ist aufgestanden, lauscht und schaut dabei die Bücher im Regal an. Als er fertig ist, kommt sie strahlend zu ihm.

VIVIEN Das ist toll! Von wem ist das?
MIKE Oh, nichts Besonderes. Das habe ich mir selber ausgedacht.
VIVIEN Es ist wunderschön.
MIKE Es fehlt noch so ein bisschen der Rhythmus...?

VIVIEN Es ist perfekt. Würdest du es noch einmal für mich spielen?

Diesmal bleibt sie ganz nah bei ihm stehen.

VIVIEN Danke.
MIKE Sehr gern geschehen.

Sie gehen zurück zur Couch. Auf dem Weg fällt Viviens Blick auf den kleinen Spiegel mit dem einfachen braunen Holzrahmen.

VIVIEN Ich weiß gar nicht, was alle gegen den Spiegel haben. Der ist doch toll. Sieht genau aus, wie der Spiegel aus „Spiel mir das Lied vom Tod".
MIKE Du wirst es nicht glauben. Das ist der Spiegel aus dem Film. Es ist die Originalrequisite. Er wurde für einen guten Zweck versteigert und ich habe das höchste Gebot abgegeben.
VIVIEN Darf ich ihn mir etwas näher anschauen?
MIKE Na klar.

Vivien geht vor den Spiegel. Sie berührt ihn einmal sehr ehrfürchtig und dann entstehen ziemlich genau die gleichen 20 Sekunden wie im Film: Sie starrt anfangs melancholisch, zum Schluss lächelnd in den Spiegel, Mike starrt fasziniert zu ihr.
Am Ende sind beide ganz benommen und müssen sich erst kurz zurechtfinden, bevor sie zur Couch zurück gehen.

VIVIEN Wir haben genau die gleiche Couch bei uns in der WG. Schlaft ihr auch hier drauf?
MIKE Nein. Die klappen wir nur aus, wenn Besuch da ist. Das war bisher nicht so häufig.
VIVIEN Bei uns ist fast immer Besuch da. Martha hat sehr viele Freunde. Oft weiß ich morgens gar nicht, wer da rum liegt...
MIKE Ist das nicht furchtbar anstrengend?
VIVIEN Man gewöhnt sich dran. Wahrscheinlich ist mir deswegen auch kein Unterschied zu vorher aufgefallen. Ihr habt also gar nicht zugestimmt, dass euer Zimmer zur Verfügung gestellt wird?
MIKE Nein. Also im ursprünglichen Vertrag stand nur diese Handwerkerklausel. Und die Ergänzungen... Ich bin mir nicht sicher, ob ich da immer alles durchgelesen habe. Das waren jeweils um die vierzig Seiten. Ich weiß nicht mehr, ob... Ach, ich weiß momentan eigentlich überhaupt nichts mehr.
VIVIEN Na, das ist doch ganz erfreulich.
MIKE Wie bitte?
VIVIEN Ich finde, Wissen wird völlig überbewertet. Es ist doch so...

Ein Handy klingelt. Sie schauen sich gegenseitig an.

MIKE Meins ist das nicht.
VIVIEN Meins auch nicht. Ich habe gar keins mehr.
MIKE Vielleicht Giselas?

Sie schauen beide im Raum herum.

VIVIEN Oh. Wohl eher Marthas.

Sie hat deren Handtasche hochgehoben. Das Klingeln hört auf, fängt aber kurz darauf wieder an.

VIVIEN Entschuldigung! Scheint wichtig zu sein...

Sie geht ran.

VIVIEN Ja? Oh nein! Aber dir geht's gut? Ja. Kein Problem, ich sag ihr Bescheid. Wir kommen so schnell wie möglich.

Sie geht zur Badezimmertür und ruft: „Martha! Martha!" Diese scheint aber nichts zu hören unter der Dusche. Vivien kommt zurück ins Wohnzimmer.

VIVIEN Ich muss Marthas Bruder helfen, der ist mit seinem Auto liegen geblieben. Dürfte aber in einer Stunde wieder da sein. Bis dahin wird sie ja wohl mal fertig sein mit Duschen...
MIKE Schade.
VIVIEN Was?
MIKE Na, dass du weg musst. Ich fand das sehr angenehm.
VIVIEN Oh, danke. Die meisten finden mich eher komisch oder anstrengend...

MIKE Nein. Wirklich. Wenn alle Besucher so wären wie du, würde ich die Klausel sofort unterschreiben.

VIVIEN Danke. Das ist nett von dir.

MIKE Ganz im Ernst: Ich würde mich freuen, wenn du noch mal wiederkommst.

VIVIEN Ich komme gleich wieder, Martha abholen.

MIKE Vielleicht ja irgendwann anders mal ganz in Ruhe?

VIVIEN *(warm)* Ich werde gerne wiederkommen, dann kann ich mir die Bücher mal in Ruhe angucken und du kannst mir noch mehr auf dem Klavier vorspielen...

MIKE ...und du kannst mir dann erklären, was du übers Wissen weißt...

VIVIEN Ach, das ist gar nicht so viel: Ich weiß, dass ich nichts weiß und seitdem ich das begriffen habe, geht es mir deutlich besser. Wissen schränkt nur ein. Warum ist das Leben der Kinder so bunt, so voller Phantasie, voller unendlicher Möglichkeiten? Weil sie noch nichts wissen. Sie träumen, erschaffen mit ihrer Phantasie tausend Welten, wo unser Wissen nur eine Wirklichkeit kennt.

Ich will kein Wissen, auch nichts planen. Ich will ohne Ziel losgehen, voller Spannung, wohin der unbekannte Weg mich führen mag. Das Leben soll mich überraschen!

So. Jetzt muss ich aber wirklich los!

Sie geht. Er schaut lange hinterher.

MIKE *(murmelt)* Das Leben soll mich überraschen...

Martha kommt mit wilden, nassen Haaren und nur knapp mit einem Handtuch bekleidet ins Wohnzimmer.

MARTHA Vivien ist schon weg?
MIKE Ja.
MARTHA Keiner da außer uns?
MIKE Nein.
MARTHA Kann ich auch etwas Rotwein haben?
MIKE Ja, natürlich.

Mike geht nach nebenan. Martha verwandelt die Couch blitzschnell in ein Bett und legt sich unter die Decke. Das Handtuch daneben...
Mike kommt mit dem Rotweinglas zurück, bleibt erstarrt stehen. Sie hebt die Decke so, dass für ihn alles gut sichtbar ist, für das Publikum eher nicht...

MIKE Also, davon steht jetzt aber definitiv nichts im Mietvertrag!
MARTHA Vergiss den Mietvertrag! Das Leben ist zum Genießen da! Komm her...
MIKE Ich... Ich bin verheiratet!
MARTHA Na und? Deine Frau tut doch mit dem Vermieter gerade das Gleiche...
MIKE Das... Das... glaub ich... nicht. Nein. Das...
MARTHA Hast du nicht eben geflüstert, das Leben solle dich überraschen. Hier bin ich!
MIKE Ich glaube nicht, dass ich das tun sollte...

MARTHA Findest du mich nicht attraktiv?
MIKE Doch, doch; sehr sogar...
MARTHA Dann komm her!

Mike geht zu ihr, stellt den Wein auf dem Glastisch ab, zögert einen Moment und geht dann Richtung Bad.

MIKE Nein, tut mir leid. Diese Überraschung ist nichts für mich. Ich hole dann mal Ihre Sachen, damit Sie sich anziehen können.

Mike holt ihre Kleidung aus dem Bad und reicht sie ihr. Martha packt ihn plötzlich am Hemd, zerrt ihn zu sich, lässt sich mit ihm auf das Bett fallen und versucht ihn zu küssen. Mike wehrt sich und wirft dabei mit den strampelnden Füßen Wein und Vase vom Glastisch.

MARTHA Oh, mein Gott! Die Handtasche ist hoffentlich nicht nass geworden. Das ist echtes Robbenleder. Die hat 500 Euro gekostet!

Es klingelt. Die Tür geht auf, Gisela und der Vermieter kommen rein, während Martha und Mike immer noch in einer sehr eindeutigen Position auf dem Bett liegen.

GISELA Oh, mein Gott! Die Vase! Die hat 800 Euro gekostet!
KRÄFTIGER Ich hab eine gute Nachricht für Sie, Herr Kunz! Wir sind nicht nachtragend. Wenn Sie doch

Vernunft annehmen sollten, können Sie den neuen Vertrag auch jetzt noch unterschreiben und wir können ihnen die volle Ermäßigung von 250 Euro und eine Einmalzahlung von 1000 Euro zukommen lassen.

Es klingelt. Ein Ehepaar kommt ins Zimmer.

GISELA Mutter! Vater! Mike hat die tunesische Vase kaputt gemacht!
GERLINDE Mike, wie konntest du nur! Hätte es denn keine andere Lösung gegeben?
WOLFGANG Das ist typisch für diesen Versager! Wenn er nicht mehr weiter weiß, dann hilft er sich mit Gewalt, nur weil er unserem Engel geistig nicht gewachsen ist!
GERLINDE Ach, warum hast du nicht auf uns gehört und Sheldon geheiratet?
WOLFGANG Diese Vase hatte einen unschätzbaren ideellen Wert. Daran wirst du ein Leben lang abzahlen, mein Freundchen!

Es klingelt. Noch ein Ehepaar kommt in das Zimmer.

MARTHA Mutter! Vater!
PAMELA Kind! Das ist also dein Verlobter! Schön, dass wir ihn endlich kennenlernen! Ich freu mich so für dich!
MARTHA Ja, aber meine Handtasche ist dahin.

KEN Na, da wird dir dein Bräutigam ja eine neue zur Hochzeit schenken können. Wann soll es denn soweit sein?

MIKE Aber wir wollen doch gar nicht heiraten!

KEN Sie haben mit ihr geschlafen, dann wird auch geheiratet!

MIKE Wir haben nicht miteinander geschlafen.

KEN Warum nicht? Gibt es irgendwas an meiner Tochter auszusetzen?

PAMELA Kind, wieso denn nicht? Sollen wir vielleicht alle nochmal rausgehen?

KEN Glaub bloß nicht, dass du dich mit so einer billigen Ausrede vor einer neuen Handtasche drücken kannst!

WOLFGANG Nix hier mit neuer Handtasche! Er wird sein ganzes Geld für eine neue Vase benötigen!

KEN Sie halten sich da raus!

Ken geht drohend auf Wolfgang zu, steckt sich dabei eine Zigarette in den Mund. Jetzt wird auch der Vermieter laut:

KRÄFTIGER Hier ist ja eigentlich alles erlaubt. Aber dies ist ein Nichtraucherhaus!

Herr Kräftiger, Ken und Wolfgang beginnen sich zu rempeln, eine Schlägerei bahnt sich an.
Es klingelt. Elisabeth (Mikes Mutter), Herr Finke und Pastor Winterkoffer treten ein.

MIKE Mutter! Was machst du denn hier?

Sie schaut zu ihrem Sohn, schüttelt enttäuscht den Kopf und wendet sich dann an die anderen.

ELISABETH Der Pastor hat mir erzählt, was hier vorgefallen ist. Es tut mir so furchtbar leid. Wir haben uns wirklich Mühe gegeben, aber er hat ja nie auf uns hören wollen. *(zu Mike)* Gut, dass dein Vater das nicht mehr erleben muss!

MIKE Vater? Der war auch nicht immer treu!

ELISABETH Treu? Wer redet denn hier von Treue? Dein Vater hat immer alles unterschrieben! Er hat mir nie Probleme gemacht.

WINTERKOFFER Sie haben gehört, Herr Kunz, auch Ihre Mutter will, dass Sie unterschreiben! In den Zehn Geboten steht: Du sollst Vater und Mutter ehren! Das ist ja wohl deutlich genug!

MIKE Meine Mutter kann mich ma...

WINTERKOFFER Herr Kunz!!! Im dritten Buch Mose, Kapitel 20 steht: Jeder der gegen seine Eltern flucht, soll getötet werden!

MIKE Und..., wollen Sie das selber machen, oder bestellen Sie für sowas einen Auftragskiller?

ELISABETH Mikilein! Sei nicht frech! Wie siehst du überhaupt aus? Zieh dir mal ein frisches Hemd an und putz dir die Nase!

Es klingelt. Gisela lässt Doktor Vonnöten, den Hausarzt, rein.

GISELA Oh, Herr Doktor! Wie gut, dass Sie endlich kommen. Er dreht völlig durch, er will nicht unterschreiben und er hat die Vase kaputt gemacht.

VONNÖTEN Oh weh. Ich hatte befürchtet, dass es irgendwann soweit kommen würde.

GISELA Meinen Sie, es reicht diesmal für die Entmündigung?

MIKE Bitte?

VONNÖTEN Ich denke schon. Er ist ja ein Wiederholungstäter.

MIKE Ich war damals in einer emotionalen Ausnahmesituation!

VONNÖTEN *(zu Mike)* Damals haben Sie meines Wissens nach keine Vasen zerstört! *(zu Gisela)* Es wird schlimmer. Wir können hier von einer schubweise progredienten aggressiven Psychose ausgehen. Nicht auszudenken, was er nach dem nächsten Schub zerstört! Wenn Sie sich dann sicherer fühlen, könnte ich ihn auch einweisen lassen.

GISELA Och nein. Ich würde ihn gerne behalten. Manchmal ist er auch ganz nützlich.

VONNÖTEN Na gut. Aber sie müssen gut auf ihn aufpassen! Ich würde ihn momentan besser nicht alleine raus lassen. So, jetzt testen wir mal, wie es mit der Demenz aussieht.

GISELA *(zu Herrn Kräftiger)* Wenn er dann entmündigt wird, reicht doch meine Unterschrift?

KRÄFTIGER Selbstverständlich.

MIKE Ihr seid doch alle verrückt!

VONNÖTEN *(zu den anderen)* Ein typischer Fall von Projektion! *(zu Mike)* Sicherlich, Herr Kunz, alle sind verrückt, nur Sie nicht. Das ist ganz in Ordnung so. Sie müssen keine Angst haben, seien Sie ganz ruhig. Ich werde Ihnen jetzt ein paar einfache Fragen stellen und danach bekommen Sie eine schöne Medizin zum Schlafen. Also, wie heißen Sie?

MIKE Wie ich heiße, weiß ich wohl, aber wer ich bin, weiß ich immer weniger.

VONNÖTEN Wie alt sind Sie?

MIKE Gefühlte 120...

VONNÖTEN Welchen Tag haben wir heute?

MIKE Einen Scheißtag!

VONNÖTEN An welchem Ort befinden wir uns hier?

MIKE Am Falschen...

VONNÖTEN O weh! Keine Antwort richtig. Ich hatte nicht gedacht, dass es so schlimm ist...

MIKE Ihrem Ergebnis, dass es sehr schlimm ist, kann ich zustimmen. Ich hätte allerdings ganz andere Fragen gestellt.

GISELA *(zum Doktor)* Und, haben Sie ihn jetzt entmündigt?

VONNÖTEN So schnell geht das nicht. Das wird einige Tage dauern.

GISELA So lang kann ich nicht warten.
ELISABETH Vielleicht ist es ja noch nicht zu spät, ihn in ein Heim zu stecken...
WOLFGANG Vorher müssen wir aber noch das mit der Vase klären!
KEN Erst die Handtasche!
WOLFGANG Erst die Vase!
KEN Die Handtasche!

Sie gehen aufeinander los.

WOLFGANG Vase!
KEN Handtasche!
GISELA Schuhe!

Ken und Wolfgang halten inne.

GISELA Ich will Schuhe!
KRÄFTIGER Ich will die Unterschrift!
PAMELA Ich will die Hochzeit!
GERLINDE Ich will einen neuen Schwiegersohn!
FINKE Ich will einen neuen Koalitionspartner!
BETTINA *(kurz eintretend und sofort wieder verschwindend)* Ich will Gedankenfreiheit!
WINTERKOFFER Ich will dich segnen und du sollst ein Segen sein!

Alle schauen ihn ratlos an.

WINTERKOFFER ...äh, sagte Gott zu Abraham.
WOLFGANG Vase!
KEN Handtasche!
ELISABETH *(zu Mike)* Putz die Nase!
WOLFGANG Vase!
KEN Handtasche!
KRÄFTIGER Unterschrift!
VONNÖTEN Darmspiegelung!
FINKE Wachstum schafft Arbeit!
WOLFGANG Vase!
KEN Handtasche!
GISELA Ich will Schuhe von Prada!
KEN Eine neue Handtasche von Prada!
WOLFGANG Die Vase aber auch von Prada!
ELISABETH Machen die auch Taschentücher?
GISELA Ich will viele Schuhe von Prada!
VONNÖTEN Gibt's da nicht auch was von Ratiopharm?
BETTINA *(s.o.)* Ich will eine Wollmütze von Prada!
GERLINDE Ich will Alberto Prada als Schwiegersohn!
MIKE *(relativ leise)* Ich will ja nicht stören, aber... *(Keiner beachtet ihn...)*
WOLFGANG Ich will die Vase!
KEN Ich will die Handtasche!
WINTERKOFFER Ich will euch erquicken!

Alle schauen ihn ratlos an.

WINTERKOFFER ...äh, sagte Jesus zu den Mühseligen und Beladenen.
PAMELA Ich will die Hochzeit!
GISELA Ich will alle Schuhe von Prada!
FINKE Die Aktien von Prada sind bereits um 10% gestiegen!
WOLFGANG Ich will eine Handtasche von...
KEN Quatsch, das ist mein Text!
WOLFGANG Ich lass mir doch von dir nicht vorschreiben, was ich sage!
BETTINA (s.o.) Ich will Weltfrieden!
WINTERKOFFER *(mit Blick auf Martha)* Ich will die Rothaarige!

Alle schauen ihn entsetzt an, Martha verschwindet unter der Decke.

WINTERKOFFER ...äh, sagte..., äh... der Heilige Geist..., äh... vielleicht?
PAMELA Was verdienen Sie denn so im Monat?
MARTHA *(unter der Decke)* Mutter!
KEN So, Herr Pastor, jetzt gibt das aber mal sowas von einer Predigt!

Alle (außer Martha und Mike) gehen nun endgültig aufeinander los.

Die Blumen aus der zerstörten Vase können evtl. zum „Schwertkampf" genutzt werden. Prügeleien mit Geschrei, das keinen Sinn ergeben muss.

Die nächsten Minuten überlasse ich der Phantasie des Regisseurs und/oder der Improvisationskunst des Ensembles.

Es sollten aber die Wörter: Versager, Schlampe, Familienehre, Gutmensch und Sozialschmarotzer vorkommen, sowie der Satz:

„Das wird man in Deutschland ja wohl noch sagen dürfen!"

Alle schreien durcheinander, gehen sich teilweise an die Gurgel, ziehen sich an den Haaren; nur Martha ist unter der Bettdecke verschwunden. Mike sitzt auf der Bettkante, zieht das zerrissene Hemd aus und geht Richtung Bad. Kommt von dort kurz danach mit einem frischen Hemd wieder, geht zum Fenster und schaut raus.

Bei Bedarf können im Verlauf dieser mindestens zweiminütigen Szene noch ein paar Nebenrollen hinzugefügt werden:

Z.B. Ein Türke mit Rosen kommt rein: „Wolle Rosen kaufen?"

Oder Zeugen Jehovas: „Wir wollen mit Ihnen über Jesus sprechen!" Mike: „Das kommt jetzt gerade etwas ungelegen. Obwohl: Könnten Sie evtl. eine spontane Himmelfahrt einrichten?"

(Variation fürs ostfriesische Landtheater: Eine Herde Kühe, Schafe und/oder Hühner läuft mitsamt Bauern und

Frau mit Kopftuch einmal quer über die Bühne. Ein Bobtail wedelnd hinterher...

Spezielle Variation für die niederdeutsche Bühne Varel: Karl-Heinz Funke fährt mit dem Traktor quer über die Bühne, mehrere Mitglieder der BI laufen mit unsinnigen Pappschildern hinterher...)

Das Publikum muss nicht wirklich jeden Satz verstehen, aber eine grandiose Vorstellung davon bekommen, dass am Anfang das Chaos war und dann kam das Wort...

Womit wir beim nächsten Auftritt wären:

Der Inspektor tritt in den Raum. Er ist eine beeindruckende Erscheinung, jeder der gerade in seine Richtung schaut verstummt, das Chaos verwandelt sich innerhalb von Sekunden in eine andächtige Stille. Alle hängen gebannt an seinen Lippen. Er geht souverän und ruhig bis zur Mitte des Zimmers.

INSPEKTOR Gegen Gottwald Rüdiger Mittelschuh wird ermittelt!

Vereinzeltes erleichtertes Seufzen. Immer noch schauen alle ehrfürchtig zu ihm hin.

MIKE *(dreht sich langsam vom Fenster weg)* Wer ist Gottwald Rüdiger Mittelschuh?

Alle Köpfe drehen sich zu Mike. Sie schauen ihn verächtlich an, als müsse man das wissen. Nur der Inspektor würdigt ihn keines Blickes.

ALLE ZUSAMMEN *(außer Inspektor und Martha)* Das ist jetzt nicht dein/Ihr Ernst?!?

Mike zuckt mit den Schultern.

GISELA Ich muss mich vielmals für das unmögliche Benehmen meines Mannes entschuldigen.
ELISABETH Es tut mir so furchtbar leid. Die Lehrer haben immer gesagt, er sei sozial zurückgeblieben, aber wir wollten ihm doch einfach nur ein einigermaßen normales Leben ermöglichen.
GERLINDE Unser Engel kann nichts dafür. Sie wurde ja praktisch zur Hochzeit gezwungen...
WOLFGANG ...und obwohl sie schon zwölf Jahre mit ihm verheiratet ist, hat sie sich nicht verderben lassen. Sie hat schon unterschrieben.

Der Inspektor nickt anerkennend.
Gisela geht mit dem Mietvertrag zu Mike, der den Kopf ans Fenster gelehnt hat.

GISELA Du hast gehört, was der Inspektor gesagt hat! Jetzt unterschreib endlich!

Mike schüttelt den Kopf. Alle schauen ratlos zum Inspektor. Der nickt mit dem Kopf.
Ab dann reden alle gleichzeitig und nur noch Unfug. Folgende Sätze sind unterzubringen:

Wie billig hier alles aussieht!
Der Ball war deutlich hinter der Linie!
Sie sollten lernen mit Ihrer Inkontinenz umzugehen!
Dieser Spiegel ist eine Schande!
Rom wurde auch nicht an einem Tag gebaut!
Ich weiß genau, was ich tue!
So wird der FC niemals Meister!
Ich möchte ein frisches chinesisches Fischstäbchen, bitte!
Das Klopapier ist alle!
Danke, Merkel!
Ich werde nicht zum Elternabend gehen!
Warte nur bis dein Vater nach Hause kommt!
Wir mussten früher auch bei Regen zu Fuß gehen!
Fischers Fritze fischte frische friesische Fischstäbchen.
GISELA *(u.a.):*
Ich habe alle Orgasmen nur vorgetäuscht.
Das Kind ist ja auch gar nicht von ihm.
MIKE Welches Kind?

Es herrscht Chaos im Zimmer, alle reden durcheinander, außer dem Inspektor. Der schüttelt nur mürrisch den Kopf, geht durch das Zimmer und nimmt dann ein Buch aus dem Regal.

Jeder ist nun bemüht, auch etwas zum Lesen in den Händen zu halten.

Gerlinde und Pamela schreien sich an, indem sie aus gegensätzlichen Artikeln aus „Bild der Frau", und „Gala" z.B. zum Outfit von Lady Gaga bei der letzten Preisverleihung rezitieren.

Ken und Wolfgang mit gegensätzlichen Tests zum neuen BMW in „Auto-Bild" und „ADAC-Motorwelt".

Gisela rezitiert aus dem Otto-Katalog (Dessous), dagegen liest der Pastor aus der Bibel (Du sollst deine Scham nicht zeigen o.ä.)

Dr. Vonnöten (Rote Liste) gegen Elisabeth (Telefonbuch)
Der Vermieter (Mietvertrag) gegen Herrn Finke (Grundgesetz)
Zuerst jedes Paar einzeln, dann alle auf einmal.
Als das Chaos kaum noch auszuhalten ist, legt der Inspektor das Buch weg, räuspert sich, woraufhin es schlagartig ruhig wird und alle ihre Bücher oder Zeitschriften weglegen.

INSPEKTOR Aber meine Damen und Herren, bitte! Gegen Gottwald Rüdiger Mittelschuh wird bereits ermittelt!

Er und alle anderen schauen zu Mike. Dieser steht immer noch am Fenster, atmet sehr tief, deutlich kurz vor einem Nervenzusammenbruch und spricht mit zusammengebissenen Zähnen:

MIKE Ihr... Ihr..., könnt mich... nicht... zwingen...
WOLFGANG Ich habe ja nichts gegen meinen Schwiegersohn, aber...
KEN Die Handtasche ist gar nicht so wichtig, aber...
GISELA Er war mir immer treu, aber...

ELISABETH Eine Mutter liebt ihr Kind ja eigentlich immer, aber...

KRÄFITGER Sie müssen nicht unterschreiben, Herr Kunz, aber... *(geht auf ihn zu)* Niemand kann sie zwingen, aber... *(legt ihm den Mietvertrag hin)* ...aber dann hört es halt nie auf!

Auch der Inspektor geht zu ihm, tippt auf den Vertrag und drückt ihm den Stift in die Hand.
Mike zögert.

INSPEKTOR Ich kann das Ganze auch wieder eskalieren lassen.

Er dreht sich um. Aus der friedlich dastehenden Gruppe wird von jetzt auf gleich ein sich wild prügelnder und schreiender Haufen.
Mike ringt noch kurz mit sich, rauft die Haare, beißt auf seine Faust, schreit stumm, dreht sich zum Fenster und unterschreibt, ohne wirklich hinzugucken.
Der Inspektor lächelt zufrieden und geht dann souverän, ohne noch irgendwen eines Blickes zu würdigen aus dem Zimmer. Alle schauen hinterher, nur Mike schaut aus dem Fenster.
Gisela schaut sich den Vertrag an, seufzt erleichtert und zeigt ihn dann den anderen. Alle sind erleichtert, schütteln sich die Hände, umarmen und versöhnen sich. Die beiden

Elternpaare sind auf einmal die besten Freunde. Schulterklopfen, unverständliches, aber fröhliches, erleichtertes Geplauder. Friede und Harmonie erfassen den Raum.
 Der Vermieter öffnet mehrere Flaschen Sekt, alle (außer Mike und Martha) stoßen an, feiern, küssen sich wild durcheinander.

KRÄFTIGER Der Sekt ist alle!
GISELA Gleich gegenüber gibt es ein tolles Restaurant mit einem vorzüglichen Champagner.

Allgemeine Zustimmung. Sie verlassen nach und nach den Raum, wobei die Paare etwas durcheinander gekommen sind:
Jeweils Arm in Arm und/oder sich küssend gehen:
Doktor Vonnöten mit Pamela,
Mikes Mutter mit Ken,
Wolfgang mit Herrn Kräftiger,
Gisela mit Gerlinde und
der Pastor mit Herrn Finke.
Alle sind gegangen. Nur Martha ist noch da, inzwischen unter der Decke hervorgekommen, aber immer noch nicht überzeugend angezogen.

MARTHA Möchtest du vielleicht doch noch...
MIKE Was? *(dreht sich um)* Ach so... Nein danke! Wirklich nicht.

Sie zieht sich wieder an. Er beginnt die Couch zusammenzuklappen.
Es klingelt.

MIKE *(am Sofa schiebend)* Es ist offen!

Vivien kommt rein und sieht noch die letzten Anziehtätigkeiten ihrer Freundin.

VIVIEN Was ist denn hier passiert?
MIKE Frag lieber nicht.
MARTHA Das Leben hat erst ihn und dann uns alle überrascht. Können wir fahren?

Sie packt ihre Tasche und geht raus.

VIVIEN Keine gute Überraschung?

Mike schüttelt den Kopf.

VIVIEN Das tut mir leid. Soll ich dir beim Aufräumen helfen?
MIKE Nein, lass mal. Ihr müsst los.
VIVIEN Du bist dir sicher, dass du allein zurechtkommst?
MIKE Ja, geht schon. Es kommen gleich noch zwei Freunde.
MARTHA *(von außen)* Vivien! Kommst du endlich?
MIKE Viel Spaß beim Konzert.

VIVIEN Danke! Ich komme morgen noch mal bei dir vorbei. Versprochen!
MIKE Das wär schön!

Sie umarmt ihn kurz und geht dann auch.
Mike steht am Fenster, ist nun allein.
Er geht zum Spiegel, schaut kurz hinein, schüttelt den Kopf, geht zum Flügel, will gerade losspielen, als es klingelt.
Dieter Vogelsang, sein Freund und Anwalt kommt herein.
Mike ist noch immer so fassungslos, dass er keine Wort herausbringt, ihm nur die Hand gibt.

VOGELSANG Was war denn hier los? Mir kam eine ganze Horde Leute auf der Straße entgegen, auch Gisela. Ist was passiert?
MIKE Ja. Das kann man wohl sagen.

Sie gehen zum Couchtisch, dort steht noch ein volles Glas Sekt.

VOGELSANG Oh prima, danke!

Er trinkt einen großen Schluck und setzt sich. Mike daneben.

VOGELSANG Da war eben eine tolle Rothaarige, kam die auch von hier? Wow, die würde ich nicht von der Bettkante schubsen!

MIKE Tja, das ist mir auch irgendwie nicht so überzeugend gelungen...

VOGELSANG Du warst mit ihr im Bett? Alter Schlawiner! Wie hast du das gemacht?

MIKE Sie hat mich ins Bett gezerrt und... und dann kamen alle rein.

VOGELSANG Oh, Scheiße! Schlechtes Timing. Dicke Luft danach, was?

MIKE *(kopfschüttelnd)* Tja... Nein. Sie... Sie waren alle empört... Aber..., aber..., eigentlich niemand, weil es so aussah, als wenn ich fremdgehen würde...

VOGELSANG Naja, wäre ja auch ein bisschen übertrieben gewesen, deswegen viel Wind zu machen. Wie lange seid ihr jetzt verheiratet?

MIKE Zwölf Jahre.

VOGELSANG Siehst du.

MIKE Äh..., nein. Was?

VOGELSANG Naja, nach zwölf Jahren kann doch nun wirklich niemand mehr ernsthaft erwarten, dass du immer treu bist!

MIKE Ich dachte eigentlich..., doch?

VOGELSANG Als dein Anwalt muss ich dir da ganz entschieden widersprechen! Das ist eine Diskriminierung, die unser Grundgesetzt nicht zulässt. Es darf niemand wegen seiner Rasse, seines Glaubens, seines Familienstandes oder einer anderen Behinderung benachteiligt werden! Du kannst doch niemandem die Teilhabe am zwischenmenschlichen Verkehr vorenthalten, nur weil er verheiratet ist! Also dieses veraltete Familienbild haben wir ja nun Gott sei Dank endlich hinter uns gelassen.

MIKE Ich fand das nicht so schlecht...

VOGELSANG Sicherlich. Und die Frau soll womöglich auch noch zuhause bleiben und die Kinder erziehen... (lacht)

MIKE Warum nicht? Gisela ist sowieso zuhause.

VOGELSANG Oh... Im Ernst, ihr habt eure Kinder nicht in eine Krippe gegeben? Du weißt schon, dass ihr ihnen damit sämtliche Wege in die Zukunft verbaut? Die haben ja später kaum eine Chance, sich...

MIKE Wir haben keine Kinder.

VOGELSANG Ach ja. Gott sei Dank! Aber um noch einmal auf Ehe und Treue zurückzukommen: Die Hälfte aller Ehen, die in den letzten 20 Jahren geschlossen wurden, sind schon geschieden und noch deutlicher: Über 70 % aller Partner geben zu, schon mal fremd gegangen zu sein. Habt ihr überhaupt miteinander geschlafen?

MIKE Nein. Ich wollte doch gar nicht...

VOGELSANG Sonst schon mal fremd gegangen?

MIKE Nein.

VOGELSANG Dann bist du also treuer als 70% der Deutschen. Gisela kann wirklich froh sein, dass sie dich hat! Bild dir nicht ein, dein kleiner Flirt sei irgendwas Besonderes gewesen! Nein, wirklich nicht. Und falls Gisela doch noch sauer wird - nicht so tragisch: Scheidungen sind gut fürs Bruttosozialprodukt. Wir haben da einen spezialisierten Anwalt in unserer Kanzlei. Ich gebe dir mal seine Karte...

MIKE Ach, lass mal sein. Das war ja auch nicht das, weswegen ich dich hierhergebeten hatte. Ich fürchte, ich habe eben einen furchtbaren Fehler gemacht. Ich habe den Mietvertrag unterschrieben.

VOGELSANG Oh, das ist ja erfreulich.

MIKE Erfreulich? Ich könnte mich in den Hintern treten. Ich..., es war einfach zu viel auf einmal. Ich wollte nur, dass es aufhört, dass endlich alle gehen...

VOGELSANG Und nachdem du unterschrieben hattest waren alle ruhig und sind gegangen?

MIKE Ja. Wenn man so will...

VOGELSANG Aber dann hast du doch alles richtig gemacht! Du hast Streit geschlichtet und Frieden geschaffen! Was wäre das für eine wunderbare Welt, wenn mehr Menschen, so wie du, über ihren Schatten springen, unterschreiben und damit Frieden und Wohlstand schaffen würden!

MIKE ...Und dabei alle ihre Werte und Überzeugungen verraten, nur um in der Masse nicht anzustoßen?

VOGELSANG Du solltest das Negative nicht so in den Vordergrund stellen! Natürlich ist das Besuchsrecht anfangs ungewohnt, und klar, gelegentlich kann es vielleicht auch mal etwas unangenehm sein, aber ich finde die Vorteile überwiegen deutlich. Bei dir ging es doch auch gleich gut los! Hast du vielleicht die Adresse der Rothaarigen? *(Mike schüttelt den Kopf)* Na, egal. Jedenfalls: Es geht hier um eine wirklich gute Sache.

Vereinsamung ist ein großes Problem in unserer Gesellschaft. Deswegen hat die EU ein Maßnahmenpaket beschlossen, um die Menschen einander wieder näher zu bringen. Seitdem das allgemeine Besuchsrecht eingeführt wurde, hat die Vereinsamung alter Menschen in Belgien von 85 % auf 40 % abgenommen. Gut, manche wohnen einfach ungünstig, da will keiner hin, aber stell dir doch mal vor, welch ein Glück für die vielen einsamen Seelen, die endlich regelmäßig jemanden haben, mit dem sie reden können.

MIKE Wenn derjenige, wenn er ankommt, noch nüchtern ist. Aber gibt es denn nicht viele Überfälle, Raub?

VOGELSANG Kommt vor, aber eigentlich weniger als vorher. Die Abschreckung durch die Überwachungskameras ist einfach zu groß.

Er schaut zu der neuen Lampe an der Decke.

MIKE Überwachungskameras?!?

Auch er schaut zur Decke.

VOGELSANG Äh..., ja. Du wusstest nicht...?

Mike springt auf, schaut sich die Lampe genauer an, geht nach nebenan. Von dort hört man ihn fluchen. Vogelsang schaut an die Decke... Mike kommt wutschnaubend wieder zurück.

MIKE Sogar im Schlafzimmer! Stand das auch in dem Vertrag?

VOGELSANG Ja. Seite 26. Aber ich verstehe nicht, warum du dich aufregst. Es dient ja zur Sicherheit.

MIKE Aber das kann doch nicht legal sein!

VOGELSANG Doch. Das ist ja das Tolle an dieser neuen Regelung. Überwacht wurden wir ja schon lange und du glaubst gar nicht von wem alles. Wusstest du, dass Lichtenstein einen eigenen Geheimdienst hat? Jedenfalls: Jetzt ist das alles legal und damit viel besser kontrollierbar. Es gibt in der EU endlich verbindliche Standards. Vorher hat ja jeder gemacht, was er wollte.

MIKE Aber... Wir werden ausspioniert. Findest du das gut?

VOGELSANG Ich dachte, ich hätte schon erwähnt, dass es unserer Sicherheit dient.

MIKE Aber meine Freiheit, meine Intimsphäre. Wie heißt das noch? Informelle Selbstbestimmung?

VOGELSANG Ach, Freiheit. Wozu? Was nützt dir die Freiheit, wenn du tot bist. Nein. Sicherheit ist das Wichtige. Sicherheit ist ein Supergrundrecht!

MIKE Meine Grundrechte können mich mal!

VOGELSANG Das ist nun aber sehr undankbar gegenüber denen, die für unser Grundgesetz gekämpft und teilweise gelitten haben oder gar gestorben sind!

MIKE Aber was ist mit der Würde des Menschen? Die steht doch ganz vorne! Gehört Freiheit nicht zu meiner Würde dazu?

VOGELSANG Unter einer kaputten, alten Lampe zu leben, hatte ja wohl wenig mit Würde zu tun! Sei froh, dass ihr jetzt Neue habt. Die verbrauchen auch weniger.

MIKE Ich schraub die einfach ab!

VOGELSANG Das ist eine Straftat. Da muss ich dir, als dein Anwalt, dringend von abraten! Dann hättest du nicht unterschreiben dürfen.

MIKE Aber..., kann ich denn meine Unterschrift jetzt noch widerrufen?

VOGELSANG Selbstverständlich. Aber die Kameras sind erst mal installiert. Wenn der Vermieter Widerspruch gegen deinen Widerruf einlegt, hat das aufschiebende Wirkung. Er muss sie erst wieder abhängen und das Besuchsrecht streichen, wenn ein rechtskräftiges Urteil deinen Widerruf bestätigt.

MIKE Wie lange dauert das?

VOGELSANG Tja, wenn man alle Instanzen mal überschlägt..., ungefähr...

MIKE Mehr als ein Jahr?

Vogelsang bricht in schallendes Gelächter aus. Mike setzt sich.

MIKE Das kann doch alles nicht wahr sein. Ich werde mir das nicht gefallen lassen. Ich gehe am Mittwoch zum Rathaus...

VOGELSANG Oh, du kommst zur Mittwochsdemo?

MIKE Du bist auch da?

VOGELSANG Ja, schon seit Wochen.

MIKE Aber du bist doch für die Besuchsklausel?

VOGELSANG Da ist doch keiner gegen die Besuchsklausel!

MIKE Also, äh, doch. Hier war gestern...

VOGELSANG Ja, klar. Da laufen auch immer ein paar Spinner rum. Aber darum geht es doch nicht bei der Mittwochsdemo!

MIKE Es geht mehr so gegen Krieg und Umweltzerstörung?

VOGELSANG Ja, auch. Aber das hatten wir ja alles schon mal. Nein, diesmal geht es um das Ganze. Eine wirkliche Revolution in Deutschland!

MIKE Eine Revolution gegen die Besuchsklausel, da mache ich mit!

VOGELSANG Ach, jetzt hör doch auf mit diesem Pillepalle! Es geht um die große Weltverschwörung der Amerikaner!

MIKE Gedankenüberwachung durch die NSA?

VOGELSANG Mike, jetzt bleib mal ernst. Es geht um ein wirklich wichtiges Thema. Vielleicht um unser aller Wohlstand. Hast du schon mal von der FED gehört?

MIKE Die amerikanische Nationalbank?

VOGELSANG Das ist eine Privatbank. Seit über hundert Jahren in den Händen der jüdischen Familie Rothschild und die lenkt seit über hundert Jahren alle Geschehnisse auf dieser Welt. Das ist Fakt, aber das wurde bisher immer vertuscht. Die ganze Presse ist von denen gekauft, aber das Internet ist noch frei. Das hat es an den Tag gebracht. Stell dir vor: Alle Kriege der letzten hundert Jahre wurden zu ihrem Nutzen angefangen, denn sie verdienen an den Kriegen. Man mag es kaum glauben.

MIKE In der Tat mag ich das nicht glauben! Der Zweite Weltkrieg..., allen Ernstes auf Wunsch einer jüdischen Bankiersfamilie angefangen? Das ist doch absurd!

VOGELSANG Echt? Findest du? Ist dir schon mal aufgefallen, wie viele Kriege Amerika angefangen hat und wie viele der Iran? Ha! Keinen einzigen haben die angefangen und Amerika über hundert. Das ist Fakt! Und unsere Medien reden uns ein, eine Atombombe im Besitz des Iran wäre gefährlich. Ha!

MIKE Also, nicht dass ich alles gut finde, was Amerika gemacht hat, aber hundert angefangene Kriege erscheint mir doch etwas...

VOGELSANG Es geht hier nicht um Erbsenzählerei. Übrigens auch Russland. Wir schimpfen immer über fehlende Demokratie dort. Und, fangen die Krieg an? Die haben uns doch geholfen gegen Hitler. Das ist Fakt!

MIKE Äh, Amerika auch.

VOGELSANG Ja, aber doch nur, weil die Fakt, äh, die FED daran verdiente.

MIKE Entschuldige, aber das hört sich zum einen nach primitivem Amerikahass und vor allem nach nicht mal sonderlich gut getarntem Antisemitismus an.

VOGELSANG Naja, das ist alles nicht mein Spezialgebiet, ich habe halt ein paar Reden auf diesen Demos gehört.

Aber hauptsächlich demonstrieren wir gegen den Kapitalismus, Ausbeutung des Mittelstands und die Weltherrschaft der FED. Was kann ich für ein paar Spinner die auch mitlaufen? Soll ich deswegen mein Engagement für den Frieden aufgeben? Nein! Nicht wegen ein paar wenigen die an Gedankenüberwachung und Chemtrails glauben oder gegen Israel und die Juden hetzen.

MIKE Gegen Juden? Öffentlich? Hier in Deutschland?

VOGELSANG Aber das sind doch nur ein paar Redner unter vielen...

MIKE Die dürfen auch noch ans Mikro?!?

VOGELSANG Ich habe doch mit denen nichts zu tun! Ich protestiere gegen die FED! Du glaubst, gar nicht, wo die ihre Finger alles drinnen haben!

MIKE Aber stört es dich denn nicht, mit extremen Rechten zusammen zu stehen?

VOGELSANG Ach Mike, begreif doch endlich, wir sind nicht rechts oder links, wir sind alles Menschen, die sich nach Frieden, Freiheit und Liebe sehnen!

MIKE Meiner Erfahrung nach sehnen die sich eher nach Hass, Ausgrenzung und Gewalt gegen Andersdenkende.

VOGELSANG Das sind doch nur Floskeln und unzulässige Verallgemeinerungen. Ich war auf diesen Demonstrationen und habe diese Menschen als sehr friedliebend kennengelernt.

MIKE Gegenüber einem blonden Deutschen... Nun ja...

VOGELSANG Du bist ungerecht. Du kennst doch niemanden von denen persönlich.
MIKE Doch. Ich habe nach gestern mal ein bisschen im Internet recherchiert und wen habe ich als Redner in Berlin gefunden? Uwe Müller. Der hat bei uns im Viertel schon oft Jagd auf Ausländer gemacht.
VOGELSANG Aber deswegen ist Uwe doch kein Rechtsradikaler!
MIKE Wie bitte?
VOGELSANG Ich kenne Uwe auch. Er ist das mehr so als Hobby. Das ist doch nicht was ihn wirklich ausmacht. Eine Randerscheinung seiner Persönlichkeit. Im richtigen Leben ist er eigentlich ganz lieb!
MIKE Wie bitte?!?
VOGELSANG Er protestiert mindestens genauso viel für Frieden, wie er gegen Ausländer vorgeht. Moment. Die Demos dauern oft vier Stunden. Genaugenommen ist er also mehr ein Linker... Oder lass es mich anders erklären. Würdest du sagen, dass Deutschland ein durch und durch rechtsradikales Land ist?
MIKE Nun, nein, also halt nicht durch und durch, aber ich finde es schon erschreckend genug, dass die NPD in den Umfragen bei 2 % steht.
VOGELSANG Aha! 2 % der Stimmen. Uwe ist die ganze Woche über braver Arbeitnehmer und Familienvater und nur alle paar Tage mal gewalttätig gegen Ausländer. Vielleicht 2 Stunden in der Woche. Die Woche hat 168 Stunden. Er ist also weniger als 2 % seiner Zeit rechtsradikal. Das kann man doch wirklich nicht

verallgemeinern. Dann müsstest du auch sagen, die gesamte Bundesrepublik sei rechtsradikal. Oder nimm dich selber. Am Wochenende bist du gerne mal betrunken, aber deswegen beschuldige ich dich doch nicht gleich, ein Alkoholiker zu sein! Ich finde, du tust Uwe Unrecht!

Mike starrt ihn fassungslos an.

VOGELSANG Ich sage dir, diese ständigen Verallgemeinerungen sind sowieso das Grundübel unserer Gesellschaft. Und: Es macht jedenfalls keinen Sinn die Rechtsradikalen auszugrenzen. Das ist doch lange genug versucht worden und hat nicht funktioniert. Das ist Fakt! Seitdem wir sie in unsere Mitte integrieren, werden sie deutlich friedlicher. Alexandra zum Beispiel. Die ist früher fast jeden Tag zum Ghetto gezogen, um Ausländer aufzumischen, seitdem wir zusammen sind, geht sie nur noch am Wochenende dahin.
MIKE Du bist mit einer... Nazibraut zusammen?
VOGELSANG Ich finde es nicht in Ordnung, wie du über meine Freundin sprichst! Gerade von dir hätte ich das nicht erwartet! Du hast doch immer gesagt, wir sollen allen Menschen ohne Vorurteile begegnen und dann verurteilst du meine Freundin, nur weil sie ein Hobby hat, was nicht in deine rosa Gutmenschen-Wohlfühlwolke passt? Hattest du nicht dem Pastor gesagt, es wäre egal, wer mit wem, es käme nur auf die Liebe an?

MIKE Ja. Das war eine meiner letzten übriggebliebenen Überzeugungen gewesen.
VOGELSANG Na, nun werd mal nicht gleich so fatalistisch. Das Leben ist schön, ihr habt es gut, ihr seid gesund, habt satt zu Essen und ein Dach über dem Kopf. Weißt du wie viel Prozent der Weltbevölkerung...
MIKE Nein, weiß ich nicht. Entschuldige, ich muss mal zur Toilette... und es wäre mir angenehm, wenn du nicht mehr da bist, wenn ich wiederkomme!

Vogelsang schaut ihm beleidigt hinterher. Trinkt noch sämtliche Sektgläser aus und geht dann.
Mike kommt wieder, sieht aus, als hätte er sich übergeben.
Es klingelt.
Regina Vollbalken, Managertyp in Anzug und mit Kurzhaarschnitt, kommt rein. Sie hält ein iPad in der Hand.

MIKE Hallo, Regina. Schön, dass du vorbei schaust. Auch wenn irgendwie schon alles zu spät ist.
REGINA Ich bin nicht zu spät! Schau hier, wir waren um 17:00 verabredet und nach meinem Laufprofil war ich um exakt 17:00 vor deiner Tür. Jetzt ist es... 17:02. Also, das kannst du mir wirklich nicht vorwerfen! Ihr wohnt im zweiten Stock.
MIKE Dich meinte ich nicht mit zu spät. Entschuldige. Ich bin ein bisschen durcheinander. Setz dich.
REGINA Was hat dich denn so durcheinander gebracht?

MIKE Ja..., was war eigentlich der Anfang? Ach ja. Die Besucherklausel.

REGINA Ja, ich hab schon gehört. Ihr habt echt viel rausgeschlagen. Alle Achtung. Aber ich hätte gerade von dir nicht gedacht, dass du für Geld über Leichen gehst.

MIKE Leichen?

REGINA Du hast nicht von Herrn Kraft gehört?

MIKE Was ist mit ihm?

Regina errötet leicht, tippt hektisch auf das iPad.

REGINA Ah, da. Nein. Habe ihn verwechselt. Herr Kraft ist ja in den Süden gezogen.

MIKE Darf ich mal sehen?

REGINA Oh, tut mir leid. Ich hab's schon weggedrückt und jetzt läuft ein Update. Das kann dauern. Was wolltest du denn jetzt über die Besucherklausel wissen?

MIKE Findest du die gut?

REGINA Nun, anfangs war ich wirklich sehr skeptisch, nein seien wir ehrlich, ich war strikt dagegen...

MIKE Ich bin das noch.

REGINA Das kann ich verstehen. Ich dachte auch erst: Was für eine Katastrophe für die Gesellschaft!

Mike nickt.

REGINA Ich dachte wirklich, die Einnahmen von Hotels und Ferienhäusern würden total einbrechen und damit auch das Bruttosozialprodukt, aber der Verlust in den Hotels ist übersichtlich und konnte durch die Senkung der Mehrwertsteuer kompensiert werden. Was ich unterschätzt habe, ist der ungeheure Aufschwung im Konsum. Was die Leute sich alles kaufen, um auf die Besucher vorbereitet zu sein. Wahnsinn! Eine bessere Konjunkturspritze habe ich noch nie erlebt!

Sie strahlt. Mikes Blick deutlich weniger euphorisch.

MIKE Ich nehme an, dass moralische Bedenken, wenn überhaupt, eher eine untergeordnete Rolle...
REGINA Ich habe von keinen Bedenken gehört.
MIKE Nun, von denen sollte man nicht hören, die sollte man selber haben.
REGINA Ich habe nichts gegen Kritik, aber sie sollte konstruktiv sein. Und wenn wir schon mal bei Konsum sind. Ich hätte da auch etwas, worauf ich euch ganz konstruktiv hinweisen wollte: Weißt du, wie wenig Geld ihr für Konsumgüter ausgegeben habt in den letzten Monaten?!?

Sie tippt auf dem iPad rum...

REGINA Schau hier!
MIKE Woher weißt du, wie viel wir wofür ausgeben?
REGINA *(leicht errötend)* Oh, Gisela hatte mich mal beauftragt, über eure Konten zu schauen, ob da nicht etwas mehr rauszuholen sei.

MIKE Aber das ist ein Gemeinschaftskonto! Du hättest mich fragen müssen!

REGINA Was bist du denn so pampig! Ich fände es angebrachter, wenn du dich bedanken würdest! Da will man mal helfen... Ts... Und ehrlich gesagt, Hilfe habt ihr wirklich nötig! 34 % weniger Konsumgüter als im Vorjahr! Das ist dramatisch. Noch keine komplette Katastrophe..., aber wenn das einreißt... wenn das zur Gewohnheit wird! Das geht nicht. Konsum ist wichtig! Auch ihr profitiert letztendlich vom Wirtschaftswachstum. Ich weiß gar nicht, warum die Kanzlerin das immer erklärt, wenn ihr offensichtlich keiner richtig zuhört! Ich könnte euch übrigens gerne helfen, eure Finanzen zu optimieren. Wenn ihr hier und da ein bisschen umstellt... Es wäre allerdings von Nutzen, wenn ihr mir eine Vollmacht für eure Konten geben würdet. Das ist alles etwas kompliziert und du wirkst momentan nicht so, als wolltest du dauernd noch mit irgendwelchen Details belästigt werden.

MIKE *(müde)* Ich werde mit Gisela darüber reden.

REGINA Es wäre gut, auch gerade für dich. Du siehst richtig urlaubsreif aus.

MIKE Apropos Urlaub. Warst du schon mal in der Toskana?

REGINA Du meinst Tuscany?

MIKE Nein, Toskana!

REGINA Also ich war in Tuscany und ich nehme an, das meinst du auch...

MIKE Also dieses Gebiet in Mittelitalien mit viel Weinbau und dem besonderen Licht.

REGINA Ich sage es ja: Tuscany. Auch die Italiener sprechen es Tuscany aus. Übrigens heißt so auch mein Parfum. *Kramt in der Tasche.* Hier! Tuscany!

MIKE Das meinst du nicht wirklich ernst, oder? Die Gegend heißt Toskana!

REGINA Vielleicht meinst du ein anderes Land?

MIKE Ich meine die Gegend um Florenz.

REGINA Tuscany halt. Moment...

Sie tippt auf ihrem iPad, sucht kurz und zeigt dann triumphierend auf eine Seite:

REGINA Tuscany!

Mike schaut auch rein, liest kurz und schüttelt den Kopf.

MIKE Der hat sich vertippt. Da sind ganz viele Tippfehler in dem Text.

REGINA Und das fällt ausgerechnet dir auf? Mike, diese Antwort wurde von 24 Nutzern als hilfreich bewertet. Der Mensch, der das geschrieben hat, ist in diesem Jahr schon 37 Mal für die hilfreichste Antwort ausgezeichnet worden und liegt aktuell auf Platz 3 der ewigen Bestenliste bei Gute-Antwort-Net. Er ist als Ratgeber-Profi mit fünf Sternen ausgezeichnet worden. Und du meinst, dass ausgerechnet du...

Mike hat inzwischen aus dem Bücherregal eine Rolle geholt, breitet die Weltkarte aus.

MIKE Da: Toskana!

Regina schaut auf die Rückseite der Karte:

REGINA Tja, die Karte ist von 1972. Vielleicht hieß das damals noch so. Da hieß St. Petersburg auch noch Leningrad. Aber hier: Frage und Antwort von 2015. Das ist neues Wissen. Das ist die Welt wie sie jetzt ist!
MIKE Entschuldige, aber ich weiß...
REGINA Warst du denn schon mal in Tuscany?
MIKE Nein, es gibt ja gar kein...
REGINA ...oder überhaupt schon mal in Italien?
MIKE Nein.
REGINA Der Mann, der das hier geschrieben hat, hat über 15 Jahre in Italien gelebt. Aber du weißt natürlich besser als er, wie die Gegend heißt. Ist klar... Mike, ich mag dich ja eigentlich gerne, aber Gisela hat Recht: Deine Arroganz ist manchmal unerträglich... Wir anderen sind nicht alle dumm!
MIKE Nein. Natürlich nicht. Es ist ja nur... Wir könnten doch auch mal eben googlen...
REGINA Du kannst es nie zugeben, wenn du mal einen Fehler gemacht hast! Du weißt auch nicht alles!
MIKE Nein. In der Tat. Momentan habe ich sogar das Gefühl überhaupt nichts zu... *Er starrt einen Moment ins*

Leere. Ist ja auch nicht so wichtig. Also, wie ist es so in Tuscany?

REGINA Hier: 83% der Urlauber sind sehr zufrieden oder zufrieden.

MIKE Und du?

REGINA *(nachdem sie länger getippt hat)* Ich finde hier keine wirklich repräsentativen Daten über mich.

MIKE Ja dann.

Ein Klingelton vom iPad.

REGINA Oh, schon so spät! Hast du noch Fragen? Ich hab nämlich gleich noch einen Termin.

MIKE Ich glaube nicht, dass ich noch eine Frage habe, die du mir befriedigend beantworten könntest.

REGINA Oh, schön. Dann mach's mal gut. Und werd ein bisschen lockerer!

Regina geht. Mike lehnt den Kopf an den Türrahmen und seufzt. Gisela kommt rein. Sie hat neue, sehr extravagante Stiefel an. Er sieht es, schau resigniert.

GISELA Und? Wie findest du sie?

MIKE Aufsehenerregend.

GISELA Ja, nicht! Toll! Ich bin so aufgeregt!

Sie strahlt. Er murmelt, während er aus der Tür geht:

MIKE Ich hasse Aufsehen...

Gisela hat es nicht gehört, macht ein Selfie von den Stiefeln und von sich, wobei sie den Ausschnitt sehr vergrößert, setzt sich dann an den Computer und beginnt wild zu tippen, jubelt dabei vor sich hin...

GISELA Bernadette wird vor Neid erblassen. Die sind noch besser als ihre!

Mike kommt wieder rein, mit einer halbvollen Flasche Rotwein und einem Glas, setzt sich auf die Couch, will sich einschütten, schüttelt den Kopf und trinkt dann direkt aus der Flasche...
Gisela hämmert derweil wild auf die Tastatur ein, macht evtl. noch ein Selfie etc., strahlt bei jedem Pling.

GISELA 40 Likes in zwei Minuten! Das ist Rekord!!! Wahnsinn!!!
MIKE Ja, das scheint auch mir die passende Diagnose...

Mike stellt die leere Flasche beiseite und legt sich hin.

GISELA 50 Likes!

Vorhang.

4. Akt

*Gisela sitzt, sehr aufgetakelt, alberner modischer Hut,
vor dem Laptop und trinkt Champagner.*
Mike sitzt auf der Couch, liest und trinkt Rotwein.
Auf der rechten Seite ist eine furchtbar hässliche moderne Sitzgarnitur dazugekommen. Ich stelle mir grelle Neonfarben dafür vor. Dies sei aber der jeweiligen Zeitgeisteskrankheit überlassen.
Der Holztisch in der Mitte ist durch einen modernen Tisch mit Glasplatte und Metallgestell ersetzt worden.
Gisela bestens gelaunt, Mike völlig gefrustet.

Der Champagner ist alle, Gisela geht zur neuen Kühl-Gefrier-Kombination.

GISELA Ich hab übrigens Langnese-Eis mitgebracht, willst du was?

MIKE Ich mag lieber Mövenpick.

GISELA Ja, aber das Langnese-Eis ist neu. Schau hier: „Bezaubernd neu, cremig wie immer".

MIKE Und was genau ist jetzt neu?

GISELA Na, es schmeckt bezaubernd.

MIKE Du hast schon probiert?

GISELA Ich kann es mir schon vorstellen.

MIKE Mövenpick hast du also nicht mitgebracht?

GISELA Du hörst mir nie richtig zu!

Es klingelt.
Gisela geht, etwas wacklig auf den neuen High Heels, zur Tür.
Sie begrüßt strahlend die Gäste. Mike winkt ihnen jeweils kurz von der Couch aus zu und liest dann weiter.
Als Gäste: Giselas Eltern, Mikes Mutter, Herr Finke, der Inspektor und viele bisher unbekannte Freunde von Gisela.
Jeder, der rein kommt, hat als verpflichtenden ersten Satz:
„Wow! Gisela! Die Schuhe sind ja echt der Wahnsinn!"
(Lediglich der Inspektor kommt schweigend rein, nickt nur allen zu. Er spricht nur einen einzigen Satz, später. Er geht sehr souverän durch den Raum, isst überall wo er vorbei kommt, trinkt sehr viel und schnüffelt zwischendurch in Büchern, unterm Sofa, in der Lampe etc.)
Es wird gefeiert. Dauernd kommen unbekannte Leute rein, sie bedienen sich am Rotwein und Essen, bekleckern das Klavier, nehmen Bücher als Untersetzer. Mike schaut dem Treiben mit säuerlicher Miene zu.
Die Unterhaltungen völlig belanglos. Leeres Entzücken über Kleider, Möbel, den hässlichen Hut, Kontostand und Brust-OPs; geheuchelte Freundschaft und andere Unappetitlichkeiten.

ELISABETH Feiern wir jetzt eigentlich schon den Geburtstag?
GERLINDE Nein. Das ist erst morgen. Heute feiern wir die neuen Schuhe.
ELISABETH Die sind aber auch echt der Wahnsinn!

CARSTEN *(stellt sich mit seinem Smartphone vor Mike hin und fragt entrüstet)* Wieso hast du mich auf facebook gesperrt?

MIKE Wie bitte? Habe ich nicht.

CARSTEN Und warum habe ich dann solange nichts von dir gelesen? Ich denke, deine Welt ist zusammengebrochen.

MIKE Ja, das könnte man so...

CARSTEN Und die Bilder davon kann ich auch nicht sehen. Teilst du die nur noch mit besonderen Freunden?

MIKE Was für Bilder? Ich habe dazu nichts gepostet. Ich finde das eher eine sehr persönliche Sache...

CARSTEN Du hast kein Video davon?!?

MIKE Äh..., nein. Das ist mehr so innerlich...

CARSTEN Ah... So eine Sache. Ja, habe ich auch schon von gelesen. Blöd, wenn man keine Fotos machen kann. Aber es gibt doch bestimmt passende Sprüche oder Katzenbilder dazu! Wie wäre es mit Grumpy-Cat? Moment, ich zeig dir mal...

MIKE Ach, nein danke. Mir ist da grade nicht so nach. Ich war schon seit fünf Tagen nicht mehr auf facebook.

CARSTEN Seit fünf Tagen? *(schaut auf sein Smartphone)* Ja, das passt. Da habe ich den letzten Eintrag. Mann, jetzt bin ich aber wirklich erleichtert! Ich dachte schon, ich hätte was Falsches gepostet, aber dann ist ja alles in Ordnung. Du hast mich vielleicht erschreckt!

MIKE Das war nicht meine Absicht.

CARSTEN Naja, kann ja mal vorkommen. Schwamm drüber! Wir sind alle nur Menschen und machen mal Fehler. Solange das nicht einreißt! Du solltest dir aber wirklich die Katzenvideos angucken, die ich gestern geteilt habe, danach geht es dir garantiert besser!

MIKE Danke, ich schau mal bei Gelegenheit...

CARSTEN Nicht der Rede wert. Man hilft sich ja gern unter Freunden... Und vergiss nicht wieder, meine Beiträge zu liken!

Mike schaut ihm hinterher, da setzt sich Herr Kleinblum zu ihm auf die Couch.

KLEINBLUM Hallo, ich bin Doktor Benjamin Kleinblum.

MIKE Mike Kunz.

KLEINBLUM Ja, ich weiß. Doktor Vonnöten hat mir von Ihnen und Ihren Symptomen erzählt. Wissen Sie, ich arbeite für ein großes Pharmaunternehmen und vielleicht kann ich Ihnen helfen.

MIKE Doktor Vonnöten hat Ihnen von mir erzählt? Fällt das nicht unter die Schweigepflicht?

KLEINBLUM Nun, ich will Ihnen schließlich helfen. Und: Ein so interessanter Fall wie der Ihre ist sozusagen Allgemeingut. Vielleicht können wir, wenn wir Sie gründlich analysiert haben, eine schlimme Krankheit ausrotten. Da sollten wir doch nicht wegen dieser lästigen Schweigepflicht einen wirklich großen Fortschritt in der Medizin verpassen! Oder wollen Sie das verantworten?

MIKE Nein, nein.

KLEINBLUM Na sehen Sie. Ich glaube nämlich nicht, dass Sie eine beginnende Demenz haben.

MIKE Das ist erfreulich.

KLEINBLUM Ich denke, Sie haben etwas viel Schlimmeres!

MIKE Das ist weniger erfreulich.

KLEINBLUM Ich glaube, Sie haben eine ganz neue Krankheit. Ich schreibe darüber gerade einen Artikel in der Fachzeitschrift „Medicus und Exitus" und wenn Sie erlauben, dass ich über Sie berichte, dann wird die Krankheit vielleicht sogar nach Ihnen benannt. Wäre das nicht toll?

MIKE Och, naja...

KLEINBLUM Nicht so bescheiden! „Morbus Mike", das wird in ein paar Jahren jeder Medizinstudent lernen. Ich darf also morgen mal zu Besuch kommen und sie untersuchen?

MIKE Ich fürchte, gegen Besuche kann ich mich momentan schlecht wehren... Was genau soll das denn für eine Krankheit sein, die ich habe?

KLEINBLUM Das weiß ich noch nicht. Ich sammle gerade Symptome, die weit verbreitet sind und für die es bisher keine passende Krankheit gibt. Denn, die gute Nachricht: Wir haben schon ein Medikament dagegen! Hochwirksam und gut verträglich!

MIKE Äh..., Sie haben ein Medikament gegen eine Krankheit, die sie noch nicht...?

KLEINBLUM Ja, so schnell waren wir noch nie! Erstaunlich wie sich die Pharmazie entwickelt!

MIKE In der Tat. Erstaunlich. So könnte man das nennen...

KLEINBLUM Ich kann Ihre Begeisterung verstehen. Wir sind tatsächlich schon mit allen Studien durch und könnten eigentlich die Zulassung beantragen, aber gegen Parkinson hat es jetzt doch keine Wirkung gezeigt. Sehr ärgerlich!

MIKE Für die Patienten...

KLEINBLUM Für wen? Ach, die! Ja, auch. Aber am meisten natürlich für uns! All die vielen Jahre Forschung umsonst und vor allem müssen wir die Fördergelder zurück geben, wenn wir jetzt nicht schnell eine Krankheit finden, gegen die unser schöner Wirkstoff hilft. Welch eine Katastrophe! Endlich haben wir mal ein Mittel, das wirklich gut verträglich ist und auch noch unschlagbar günstig in der Herstellung und dann sowas. Aber vielleicht können wir jetzt mit Ihrer Hilfe...

MIKE Aber Sie glauben doch nicht ernsthaft, dass Sie damit durchkommen, dass Sie einfach mal schnell eine Krankheit für ein Medikament erfinden?

KLEINBLUM Ja, ich wunder mich auch immer, mit was wir alles durchkommen. Ich weiß nicht, welche Pillen unsere Lobbyisten verteilen, aber es muss richtig krass gutes Zeug sein! Vor ein paar Jahren zum Beispiel, ich muss jetzt noch lachen, wenn ich dran denke... Also: Wir hatten ein recht erfolgreiches Mittel gegen Leukämie...

MIKE Erfolgreich im Sinne von Heilung?

KLEINBLUM Keine Ahnung. Hohe Verkaufszahlen halt. Aber dann bekamen wir einen Tipp von unserer Unternehmensberaterin und da haben wir es vom Markt genommen.

MIKE Ich kann nicht ganz folgen... ...Was momentan allerdings nichts Ungewöhnliches ist...

KLEINBLUM Wir haben dem Medikament ein halbes Jahr Pause gegönnt, ein bisschen an der Dosierung verändert und es dann als Mittel gegen Multiple Sklerose wieder auf den Markt gebracht. Und das Beste: Zum 40fachen Preis! *(lacht laut und klopft sich auf die Schenkel)*

MIKE Das ist menschenverachtende, asoziale Profitgier!

KLEINBLUM Ja, so ähnlich stand das auch in ein paar Zeitungsartikeln, aber schon eine Woche später war wieder Ruhe, als hätte jemand Valium ins Leitungswasser gemischt.

Mike starrt ihn entsetzt an.

KLEINBLUM Nein, nein. Ich bin mir ziemlich sicher, dass wir das nicht gemacht haben. Das ist eigentlich immer so.

MIKE Hilft das Medikament denn wenigstens gegen Multiple Sklerose?

KLEINBLUM Keine Ahnung. Wir wissen ja nicht mal genau, was Multiple Sklerose ist und wie es entsteht. Aber es gibt viele Patienten mit dieser Diagnose und die leben auch deutlich länger, als die an Leukämie Erkrankten und wir können dementsprechend mehr an ihnen verdienen. Genial, oder? Diese Krankheit ist ein sehr gesunder Markt für uns...

MIKE Mir ist furchtbar übel.

KLEINBLUM Oh, dagegen habe ich auch was mit. Hier! *(gibt ihm eine Schachtel in die Hand)* Soll ich Ihnen einen Schluck Leitungswasser bringen?

MIKE Ach nein, lassen Sie mal. Eher eine große Schüssel...

Man hört laute Würgegeräusche, aber nicht von Mike.

KLEINBLUM *(nimmt Mike die Schachtel wieder weg)* Sie erlauben?

Er eilt zu dem Würgenden, doch zu spät: Dieser übergibt sich gerade in den Flügel.
Mike platzt nun endgültig der Kragen:

MIKE *(schreit)* Es reicht! Könnt ihr nicht woanders feiern und reiern!

Der Inspektor räuspert sich. Alle Gespräche verstummen für mehrere Sekunden, alle schauen ehrfürchtig zu ihm hin:

INSPEKTOR *(zu Mike)* Sie wollen doch nicht enden wie Gottwald Rüdiger Mittelschuh!

Alle schauen tadelnd zu Mike.
Mike schüttelt den Kopf und verlässt danach, als alle wieder mit Gesprächen anfangen, unbeachtet den Raum.

GISELA Ich weiß nicht mehr, was ich mit ihm machen soll! Wir versuchen doch alle freundlich zu ihm zu sein. Vielleicht ist das der falsche Weg.
FINKE Ich mache mir auch wirklich große Sorgen um Mike. Ich bin mir nicht sicher, dass er mich gewählt hat.
ELISABETH Wir hätten ihm nicht so viel Taschengeld geben sollen!
WOLFGANG Wahrscheinlich hat er als Jugendlicher zu viel onaniert!
GISELA ...und immer diese Bücher!
GERLINDE Trinkt er seinen Kaffee nicht sogar ohne Zucker?
GISELA Ehrlich gesagt: Ja.
GERLINDE Schlimm, schlimm, schlimm!
ELISABETH Wo wir gerade davon sprechen. Was ist das für ein Kaffee?
GISELA Jacobs Krönung mit einem Schuss Amaretto.
ELISABETH Ach, dein Verwöhnaroma, wunderbar!

Weitere belanglose Unterhaltungen. Gerne ein paar weitere Werbespots.

Es klingelt. Mike kommt in Begleitung vom Pastor wieder rein.

WINTERKOFFER *(zu Gisela)* Ich mache mir Sorgen um Mike. Er lief draußen auf der Straße hin und her und wusste offensichtlich nicht, wo er hin wollte.
GISELA Mike, was soll denn das? Willst du mir die Feier verderben? Wo wolltest du denn hin?
MIKE Ich weiß es nicht.
GISELA Es ist wirklich zu albern. Gut, dass gleich auch noch Doktor Vonnöten kommt.
MIKE *(ins Leere starrend)* Ich wusste nicht wohin, hatte kein Ziel. Ich ging einfach drauf los... *(dreht seinen Kopf zum Publikum)* Das war ein gutes Gefühl!

Mike setzt sich wieder auf seine Couch, nimmt das Buch. Es klingelt. Herr Kräftiger und Vivien kommen rein.

KRÄFTIGER Wow! Gisela! Die Schuhe sind ja echt der Wahnsinn!
VIVIEN Mike! Schön, dich zu sehen. Hast du einen Schluck Wein für mich?

Mike legt sofort das Buch weg, umarmt Vivien zur Begrüßung.
Er schüttet ihr ein Glas ein. Sie setzen sich auf die Couch.

VIVIEN Ich hatte ja eigentlich gehofft, wir könnten uns heute in Ruhe unterhalten.

MIKE Tja, das ist momentan nicht so einfach hier. Gisela hat ziemlich viele Feiern geplant die nächste Zeit... Gefühlt jeden Abend in den nächsten drei Jahren...

VIVIEN So viele Schuhe will sie noch kaufen?

MIKE Das steht zu befürchten.

VIVIEN Wie geht es dir sonst?

MIKE Ich nehme an, ich bin dabei, völlig irre zu werden.

VIVIEN Was ist denn los?

MIKE Ich habe keine Ahnung. Und das ist es ja. Ich verstehe nichts mehr von dem, was um mich passiert. Ich dachte immer, ich habe alles einigermaßen unter Kontrolle und ich würde die meisten Zusammenhänge des Lebens durchschauen, aber nun ist innerhalb weniger Tage meine gesamte Welt einfach zusammengebrochen und ich habe keinerlei Orientierung mehr. In den letzten 72 Stunden habe ich meinen Glauben an Gott verloren, an meine Ehe, eigentlich auch an mich. An die Demokratie, an die Vernunft einiger Freunde, an die Allgemeingültigkeit der Logik. Alles, was ich glaubte zu wissen, alles, worauf ich vertraut habe, ist auf einmal in Frage gestellt. Ich habe das Gefühl, die gesamte Welt dreht von jetzt auf gleich durch. Vielleicht dreht sie aber schon länger durch und ich habe es bloß nie bemerkt. Am wahrscheinlichsten ist ja, dass ich selber durchdrehe... Ach! Ich habe keine Ahnung mehr, was ich glauben soll.

VIVIEN Ja, der Anfang ist furchtbar. Überall Trümmer und vor Staub kannst du nichts sehen. Doch wenn der sich dann gelegt hat: Vielleicht war es gar nicht deine Welt, die zusammengebrochen ist, sondern nur die Gefängnismauern, die dich bisher umgaben.

Mike starrt sie an.

GISELA Habt ihr eigentlich schon unseren neuen Grill gesehen?

Alle verschwinden nach draußen, außer Mike und Vivien:

VIVIEN Neue Schuhe, neuer Grill. Habt ihr im Lotto gewonnen?
MIKE Nein. Wir haben nur einen deutlich größeren Kreditrahmen...
VIVIEN Hast du auch schon was Neues?
MIKE Nein. Ich habe noch genug Bücher zu lesen für die nächsten Jahre. Ein bisschen Wein müsste ich allerdings wohl bald nachholen...
VIVIEN Und wirst du dir dann einen Teuren leisten?
MIKE Wozu? Der hier schmeckt doch gut!

Vivien schaut ihn sehr warm an.
Sie schweigen.

MIKE Die Stille ist angenehm.
VIVIEN Das finde ich auch.

Sie schweigen.

MIKE Deine Welt ist auch zusammengebrochen?

VIVIEN Ja. Lange her.

MIKE Wie war es bei dir?

VIVIEN Grauenhaft. Ich denke nicht gerne dran zurück. Was daraus geworden ist, finde ich gut, aber die Geburt war schrecklich.

MIKE Und wie ist es jetzt?

VIVIEN Schön. ... *(Mike schaut sie erwartungsvoll an)* ... Entschuldige! Ich bin keine große Erzählerin.

MIKE Das scheint mir eines der Hauptprobleme unserer Welt: Desto interessanter der Mensch, umso weniger hat er den Drang zu reden.

VIVIEN Tja, das was das Leben wirklich ausmacht, ist ja auch selten in Worte zu fassen.

MIKE Du sagtest gestern, Wissen wird überbewertet. Was meinst du damit?

VIVIEN Oh weh! Das habe ich noch nie versucht, in Worte zu fassen. Interessiert dich das wirklich?

MIKE Ja, wirklich!

VIVIEN Okay... Allerdings... Das ist fast aussichtslos. Ich weiß zwar, was ich über Wissen weiß, aber das ist eigentlich, dass ich nichts sicher weiß, selbst das nicht. Dass es kein wirkliches Wissen gibt, ist eine Erkenntnis, zu der jeder selber finden muss, aber ich gebe dir gerne mal einen Denkanstoß:

Zum einen: Wir lächeln jetzt über das, was die Menschheit vor 200 Jahren für Wissen hielt. In 200 Jahren wird man über das lächeln, was wir momentan glauben zu wissen.

Zum anderen: Wissen ist zwar oft ganz nützlich, aber in anderen Bereichen schränkt es uns sehr ein. Seitdem die Menschen dem Wissen nachjagen, haben sie verlernt zu träumen. Früher waren Sonne, Mond und Sterne magische Lichter weit, weit weg, unerreichbar weit entfernt. Nur die Phantasie konnte dorthin gelangen und unzählige Lieder, Geschichten und Mythen entstanden über sie. Heute kennen wir die Entfernung zu den Gestirnen, wissen Temperatur und Größe. Es sind Gegenstände geworden. Keine fernen Träume mehr.

Unser Wissen hat es uns ermöglicht, auf dem Mond zu landen und Bilder zu machen. Doch was haben wir davon? Vorher hatte jeder seine eigene Vorstellung, wie es da oben wohl aussehen mag; jedes Kind hatte seinen eigenen Traum davon. Jetzt lernen wir in der Schule, wie es dort wirklich aussieht, sehen die Fotos und unsere Phantasie ist arbeitslos...

Rede ich zu viel?

MIKE Ganz und gar nicht. Das klingt alles sehr verworren, erscheint mir aber das Vernünftigste, was ich die letzten Tage gehört habe. Und... Hast du wieder gelernt zu träumen?

VIVIEN Ja. Es ist wunderbar. Oft träume ich davon, auf den Mond zu fliegen. Nie mit einer Rakete, aber schon oft auf einem Drachen, Hexenbesen oder auf Elfenflügeln.

MIKE Ich bin früher auch oft im Traum geflogen, einfach indem ich die Arme ausgebreitet und ein paar Flügelschläge vollbracht habe. Es ging so leicht... Letzte Nacht habe ich geträumt, ich hätte den Kleiderschrank geöffnet und wäre von einem riesigen Berg teurer Schuhe begraben worden. Vom Fliegen habe ich schon lange nicht mehr geträumt...

VIVIEN Du kannst dir diese wunderbare, endlose, spannende Welt zurück holen. Versuch es am Anfang vielleicht mit ein paar Tagträumen zum Üben. Geh raus, schau den Vögeln beim Fliegen zu und versuch dich in sie rein zu denken. Und vergiss, dass du nicht fliegen kannst. Du weißt es ja nicht wirklich. Du hast es nie ernsthaft versucht. Irgendwann kommt es dann auch nachts wieder.

Wenn du glaubst, dass du fliegen kannst; wenn du es wagst, davon zu träumen, dann heißt das nicht, dass du wirklich irgendwann selber fliegen kannst. Aber dann bist du offen dafür, wenn ein Adler vorbei geflogen kommt, dich packt und in die Lüfte mitnimmt. „Wünsche müssen nicht immer wortwörtlich in Erfüllung gehen." Das stammt übrigens aus dem Buch, was du grade liest.

Mike schaut auf das Buch und hält es dabei so hoch, das man den Titel „Alzagra" gut lesen kann.

Die Gäste kommen nach und nach wieder rein, reden miteinander, man versteht aber nur Fragmente.

MIKE Du weißt nichts, du planst nichts. Du bist einfach du selbst?
VIVIEN Ja, fast. Aber eigentlich will ich noch nicht mal ich selbst sein oder danach suchen, was das sein könnte. Das schränkt auch nur ein. Ich bin. Das reicht. Keine Identität. Ich bin völlig leer, aber ich bin voll da. Ich lasse das Leben durch mich fließen...

Mike schaut sie ehrfürchtig an.

VIVIEN Das habe ich irgendwo gelesen. Hat mir gefallen. Keine Ahnung, ob das geht, ob ich das womöglich bin. Ich überlege selten... Auf jeden Fall ist es besser als früher, als ich versuchte die Welt zu verändern, obwohl ich es nicht mal schaffte, sie zu verstehen. Seitdem ich nichts mehr plane, sondern das Leben einfach so nehme, wie es kommt, ist es viel bunter und einfallsreicher geworden.
Was kommt, ich weiß es nicht. Was gewesen ist, ich verstehe es nicht. Was jetzt ist, das ist mein Leben. Das lebt sich von alleine, ich brauche dafür nichts wissen.

Mike starrt sie fasziniert an, kann dann aber ein Gähnen nicht unterdrücken.

MIKE Entschuldige, ich bin furchtbar müde.
VIVIEN Das kann ich verstehen. Leg dich ruhig hin.
MIKE Kennst du die Tuscany?
VIVIEN Die Toskana?
MIKE Klar, die Toskana.
VIVIEN Ja, ich war schon zweimal da.
MIKE Erzählst du mir ein bisschen von da?
VIVIEN Gerne.

Er legt seinen Kopf in ihren Schoß und sie krault ihm durch die Haare während sie von der Schönheit der Landschaft, der Ruhe und den einzigartigen Farben erzählt.

VIVIEN Ich habe vor vier Jahren für ein paar Wochen in der Nähe von Livorno in einem Weinberg gearbeitet. Die Arbeit war hart, aber die Gegend war wunderschön und der Wein ein Gedicht. Ich glaube, der würde dir schmecken. Leider habe ich keinen mehr übrig. Vielleicht können wir ja irgendwann mal zusammen da hin fahren und eine Weinprobe machen... Es war eine tolle Zeit!

Die Gespräche drumherum werden wieder lauter, dann ruft jemand: „Gleich ist Mitternacht!"
Alle gehen raus zum Feuerwerk. Nur Mike ist in Viviens Schoß eingeschlafen.
Vivien krault noch einen Moment, legt ihn dann vorsichtig beiseite.
Draußen beginnt das Feuerwerk.

Vivien schaut in den kleinen Spiegel neben der Couch, streicht sich das Haar mit Spucke glatt, geht an der Couch vorbei, schaut Mike länger an, deckt ihn zu, lässt dabei die Hand kurz auf seinem Rücken liegen, überlegt, ob sie ihm auch einen Kuss gibt, nähert sich schon, lässt es dann aber und geht.

5. Akt

Anfangs wieder das übliche Bild, allerdings ein neuer moderner Metallschreibtisch und ein größeres Laptop, selbstverständlich Apple.
Gisela aufgedreht, aber irgendwie nicht ganz zufrieden.
Mike verträumt, nicht ganz anwesend.
Beide gefühlsmäßig kaum festgelegt.
Noch mehr moderne Möbel im Raum. Das Bücherregal gegen ein teils diagonales Stahlregal ausgetauscht etc.
Der alte Spiegel ist fort, ein neuer, großer mit auffälligem Rahmen.
Gisela schaut auf das Sofa, auf dem Mike sitzt. Das inzwischen einzige alte Möbelstück. Neue, prunkvolle Vase auf dem modernen Couchtisch.

GISELA Das passt hier überhaupt nicht mehr rein, sieht echt peinlich aus. Können wir das nicht doch auch...
MIKE Es ist schon schlimm genug, dass du das Bücherregal ausgetauscht hast!
GISELA Oh, ich dachte immer, die Bücher wären dir wichtiger als das Regal.
MIKE Natürlich sind die... Ach, es ist ja sowieso zu spät. Aber, dass du...
GISELA Jetzt fang nicht wieder mit deinem Spiegel an!
MIKE Irgendwann werde ich...
GISELA Das wirst du nicht! Du hast ihn doch hoffentlich jetzt wirklich weggeschmissen und nicht wieder irgendwo versteckt?

MIKE Wer kommt denn heute alles zu deiner Geburtstagsfeier?

GISELA Meine Eltern, deine Mutter, der Pastor, Herr Finke, Albert, Bernd, Claus, Doris, Elke, Fabian, Gwendolin, Harald, Isabelle, Jana, Kevin, Laula, Martha, Nicole, Olaf, Pit, Quinci, Ronald, Susi, Tine, Ulrike, Veronika, Walter, Xaver, Yvonne und Zoe.

MIKE Der Inspektor kommt nicht?

GISELA Nun, er kann ja nicht jeden Tag hier sein, er hat wirklich genug anderes zu tun.

MIKE Gegen Goodwill Rieker-Schuh ermitteln?

GISELA Das ist nicht witzig!

MIKE Nicht weniger albern als..., ach egal. Doktor Vonnöten kommt nicht?

GISELA Ich hatte eigentlich gehofft, wir kämen mal ohne ihn aus. Du wirst doch hoffentlich wenigstens an meinem Geburtstag mal vernünftig bleiben!

MIKE Ich weiß es nicht.

GISELA Ja. Du weißt nichts. Es ist eine Schande!

MIKE Nein. Eher eine Erkenntnis... Keine angenehme..., aber womöglich der feste Punkt, von dem aus man starten könnte...

Es klingelt. Die Gäste kommen. Eine fröhliche Runde von gut gekleideten Leuten. Belanglose Gespräche.

Gisela hat ihren Spaß und geht von einem Grüppchen zum Nächsten. („Wie findet ihr den neuen Tisch? ...mein

neues Laptop? ...meine neuen Schuhe?" etc. - Jeweils mehr oder weniger überzeugend gespielte Begeisterung.)
Mike sitzt auf der alten Couch, liest ein Buch, bis sich Doktor Kleinblum zu ihm setzt.

KLEINBLUM Ach, Herr Kunz. Es tut mir aufrichtig leid, aber es wird wohl doch keine Krankheit nach Ihnen benannt werden.

MIKE Ich glaube, dass ich mit dieser furchtbaren Enttäuschung umgehen kann. Woran ist es denn gescheitert?

KLEINBLUM Nun. Wir haben ein noch deutlich lukrativeres Marktsegment gefunden und da... Oh, Moment! Ist das nicht Frau Lodermann? Entschuldigung! *(er steht auf.)* Frau Lodermann! Hallo! Mein Name ist Doktor Benjamin Kleinblum. Darf ich Sie kurz etwas fragen?

LODERMANN Ja, bitte?

KLEINBLUM Sie haben doch mehrere Kinder. Benehmen die sich manchmal auffällig? Geben sie zum Beispiel Widerworte oder sind unruhig, wollen nicht still sitzen und abends nicht ins Bett?

LODERMANN Ja.

KLEINBLUM Ah, sehen Sie! Dann bin ich der richtige Mann für sie!

LODERMANN Also, ich war mit meinem Bisherigen eigentlich ganz zufrieden...

KLEINBLUM Nein, ich meine, ich habe da ein Medikament für Sie, das Ihren Kindern gegen diese Krankheit helfen kann.

LODERMANN Ach, das ist ja toll. Räumen die dann auch ihr Zimmer auf?

KLEINBLUM Das ist eine der beliebtesten Nebenwirkungen.

LODERMANN Toll. Das nehme ich. Gibt's das auch als Tropfen?

KLEINBLUM Ja, mit Himbeergeschmack. Kommen Sie kurz mit zu meinem Auto, ich habe zufällig ein paar Packungen dabei...

Die beiden gehen ab. Dirk Kaimann setzt sich zu Mike.

KAIMANN Guten Tag. Dirk Kaimann ist mein Name. Wie ist ihre Meinung zum Konflikt in der Ukraine?

MIKE Holla! Die Frage kommt jetzt aber wirklich überraschend. Ehrlich gesagt, eine wirkliche Meinung habe ich dazu noch nicht. Ich bin etwas überfordert, mir da ein genaues Bild...

KAIMANN Kein Problem! Ich kann Ihnen helfen. Ich bin Fachmann.

MIKE Für Osteuropa?

KAIMANN Nicht nur für Osteuropa. Nein, es gibt eigentlich keinen Konflikt auf der ganzen Welt, kein Problem der Menschheit, keine moralische Frage, zu der ich Ihnen nicht eine fundierte Meinung anbieten könnte. Ich habe das studiert!

MIKE Sie haben das..., äh, was genau, studiert?

KAIMANN Meinungsdesign. Das ist ein neuer Studiengang an der Universität in Tübingen. Da habe ich übrigens Pastor Winterkoffer kennengelernt.

MIKE Meinungsdesign?

KAIMANN Ja, ich bin Diplom-Meinungsdesigner. Also, wenn Sie eine Meinung zum Konflikt in der...

MIKE Sie designen Meinungen?

KAIMANN Genau. Die meisten Menschen haben ja nun wirklich keine Zeit, sich selber über alles zu informieren und eine Meinung zu bilden, wollen aber gerne mitreden. Und da helfen wir dann.

MIKE Wir?

KAIMANN Ja, sicher. Alleine kann man das wirklich nicht bewältigen. Wissen Sie, wie viele Anfragen ich täglich bekomme? Und bevor so eine Meinung fertig ist, muss ja auch eine Menge recherchiert werden. Nein. Ich habe da inzwischen ein Team von 13 Mitarbeitern. Hier, meine Karte!

MIKE Dirk Kaimann, Chief Director bei „Opinion-Design".

KAIMANN Das Bild ist nicht so besonders. Aber neue Karten sind im Druck.

MIKE Und Sie bekommen tatsächlich mehrere Anfragen täglich?

KAIMANN Tausende! Von Privatkunden, Journalisten, Politikern...

MIKE Es mag jetzt vielleicht für Sie ein bisschen altmodisch klingen, aber ich bilde mir meine Meinung eigentlich lieber selber.

KAIMANN Ja Gott, wer es sich leisten kann. Aber Sie sagten doch eben, dass Sie zur Ukraine keine Meinung haben.

MIKE Naja, es ist ja auch furchtbar verwirrend. Ich habe zwei gute Freunde, die ich für gut informiert halte und die da genau gegensätzlicher Meinung sind.

KAIMANN Auch das ist kein Problem. Ich kann Ihnen zu einem Thema ein Meinungspaket zusammen stellen; dann können Sie sich, je nachdem mit wem Sie gerade sprechen, die passende Meinung unkompliziert zu eigen machen.

MIKE Moment! Sie haben also auch keine Meinung zum Ukraine-Konflikt?

KAIMANN Doch. Sogar ganz viele! Ich schau mal gerade... *(Schaut auf seinem Smartphone)* 8 verschiedene, gut begründete Meinungen. Da sollte für jeden Gesprächspartner das Passende dabei sein!

MIKE Aber das ist doch... Das sind doch keine Meinungen! Das sind Konversationstextbausteine! Für eine Meinung muss man sich doch entscheiden!

KAIMANN Nun, das ist Ihre Meinung. Übrigens eine recht interessante. Darf ich die bei Gelegenheit eventuell verwenden?

MIKE Herr Kaimann, ganz direkt gefragt: Wie ist Ihre Meinung zum Konflikt in Eritrea?

KAIMANN Die Lage ist sehr unübersichtlich. Die Situation ist für die Bevölkerung, gerade auf dem Land, aber auch im Grenzgebiet, kaum zu ertragen. Der Westen kann hier nicht einfach tatenlos zusehen. Es müssen jedoch erst einmal alle diplomatischen Möglichkeiten ausgeschöpft werden, bevor über eine militärische Option konkret entschieden werden kann.

MIKE Sie haben da also eher so eine unverbindliche, risikolose Meinung?

KAIMANN Moderat nennen wir das.

MIKE Wissen Sie überhaupt etwas über den Konflikt in Eritrea und wo dieses Land liegt?

KAIMANN Nein. Das ist nicht gerade ein Topseller. Wenn Sie dazu etwas Genaueres und vielleicht auch Provokanteres haben wollen, müssten Sie mir einen Tag Zeit geben. Im Idealfall läuft das so ab:
Wenn Sie wissen, dass Sie bei uns häufiger eine Meinung bestellen wollen, machen wir beim ersten Treffen eine ausführliche Anamnese. Wir sprechen ein bisschen über ihre Biographie, die Familie und den Freundeskreis und erstellen ein Personenprofil. Danach ist es eine Kleinigkeit zu jedem Thema innerhalb kürzester Zeit eine passende Meinung zu finden.
Als Stammkunde bekommen Sie übrigens unsere Zeitschrift „Opinion Factory" kostenlos und zusätzlich noch einen Rabatt: Jede zehnte Meinung ist kostenlos!

MIKE *(kopfschüttelnd)* Wahrscheinlich haben Sie sogar Geschenkgutscheine?

KAIMANN *(entzückt)* Fantastische Idee! *(Er notiert sich schnell etwas auf seinem Smartphone)* In der Tat kann man auch für Freunde eine Meinung mit bestellen. Das ist mit Abstand unser größter Verkaufshit. Die Massenmeinung. Eher einfach strukturiert, kurz, prägnant, gut nachsprechbar, oft sogar für mehrere verschiedene Themen anwendbar. Da bekommen wir die besten Kundenbewertungen. Scheint ein gutes Gefühl zu sein, die Meinung der Mehrheit zu haben...

MIKE Und wahrscheinlich auch ein gutes Gefühl, die Meinung der Massen so manipulieren zu können?

KAIMANN Nun übertreiben Sie mal nicht! Nein. Also, jedenfalls noch nicht. Wir sind ja nur ein kleines Unternehmen. Aber seien Sie ehrlich: Es ist doch höchste Zeit, dass in Deutschland nicht nur die Mainstream Medien für die Meinungsbildung zuständig sind, sondern dass das Ganze mal professionell, methodisch und unparteiisch angegangen wird. Ah, da ist ja Herr Winterkoffer! Sie entschuldigen?

Herr Kaimann geht, dafür setzt sich jetzt Mikes Schwiegermutter zu ihm.

GERLINDE Nun feier doch mal mit! Gisela ist schon ganz verzweifelt, weil du dich so ausgrenzt.

MIKE Gisela verzweifelt? Das ist mir neu! Die läuft doch seit gestern mit einem unerträglichen Grinsen durch die Gegend.

GERLINDE Meine Güte! Reiß dich doch einmal zusammen. Es ist ihr Geburtstag!
MIKE Ich weiß, ich habe ihr auch was geschenkt.
GERLINDE Oh, sie hat nichts erwähnt. Was hast du ihr denn geschenkt?
MIKE Nichts von Prada.
GERLINDE Musst du sie denn immer so provozieren?

Sie geht kopfschüttelnd und schickt ihren Mann zu Mike.

WOLFGANG Mensch Mike! Auch wenn du es als persönliche Niederlage betrachtest. Du kannst dich nicht ewig hängenlassen. Das macht alles nur schlimmer. Die Situation bietet doch auch dir Vorteile. Mach das Beste draus!
MIKE Ich werde mir schon bald ein paar neue Bücher kaufen.
WOLFGANG Ein bisschen mager. Das kannst du bestimmt noch besser!
MIKE Vielleicht ein neuer Flügel und einen Mazda MX5?
WOLFGANG Na siehst du, es geht doch. So gefällst du mir!

Wolfgang geht zu Herrn Finke, spricht leise zu ihm. Dieser kommt nun zu Mike. Sie gehen zusammen an den vorderen Rand der Bühne. Im Hintergrund wird sich angeregt weiter unterhalten, aber so dass der Vordergrund alleine zu verstehen ist...

FINKE Ich freue mich, dass es dir langsam besser geht.

MIKE Oh, da will ich dir die Freude mit kleinlichen Details über mein Gefühlsleben natürlich nicht verderben.

FINKE Wie bitte? Was soll das bedeuten?

MIKE Ja, das ist eine gute Frage. Ich habe keine Ahnung. Und noch etwas verstehe ich nicht: Was soll das eigentlich bedeuten: ‚Gegen Gottwald Rüdiger Mittelschuh wird ermittelt!'?

FINKE Was genau daran verstehst du nicht?

MIKE Na, was der Inspektor damit sagen will und warum er nie etwas anderes sagt.

FINKE Es ist doch gut, dass er seine Meinung nicht dauernd ändert. Auf ihn kann man sich verlassen! Ich finde es außerdem angenehm, wenn jemand nicht um den heißen Brei herum redet, sondern gleich das Entscheidende sagt.

MIKE Das schon, aber was genau soll das heißen?

FINKE Andere reden stundenlang und sagen nichts und er bringt es direkt auf den Punkt.

MIKE Was?

FINKE Er bringt es direkt auf den Punkt!

MIKE Äh, ja, das habe ich verstanden. Ich meinte: Was genau bringt er auf den Punkt, was ist der Punkt?

FINKE Es ist ja auch die Art, wie er es sagt und wie er es dann auch einfach macht.

MIKE Was?

FINKE Wie er es dann auch einfach macht.

MIKE Um Himmels willen! Ich verstehe dich akustisch, aber ich habe keine Ahnung, wovon du redest und wovon der Inspektor redet!

FINKE Du brauchst nicht laut zu werden, nur weil du etwas nicht verstehst!

MIKE *(leise)* Was genau sagt und macht der Inspektor denn?

FINKE Nun, was er sagt, hatten wir eigentlich geklärt. Außerdem ist in diesem Land in den letzten Jahren viel zu viel geredet worden. Es war höchste Zeit, dass mal gehandelt wird!

MIKE Indem man gegen Gottwald Rüdiger Mittelschuh ermittelt?

FINKE Ja, das ist der Anfang. Aber das ist ja nicht das Einzige was er tut!

MIKE Was noch?

FINKE Er wird das bis zum Ende durchziehen.

MIKE Was?

FINKE Er wird das bis...

MIKE Schon gut. Ich habe verstanden... Du hast nie einen leichten Zweifel an ihm?

FINKE Ich weiß sicher, dass er der Richtige ist!

MIKE Das könnte das Problem sein...

FINKE Wie bitte?

MIKE Meinst du nicht, es täte dir gut, einfach mal zuzugeben, dass du auch keine Ahnung hast... (*sehr laut in den Raum*) ...dass ihr alle hier keine Ahnung habt!

Dass keiner weiß, wer der Inspektor ist und was er eigentlich sagt!

Sofort ist es totenstill. Alle starren ihn entsetzt an.

FINKE *(tippt auf sein Smartphone)* Keine Panik! Ich rufe den Inspektor an!
GISELA Und Doktor Vonnöten!

Es klingelt.

GISELA Die Pizza ist da!

Alle (außer Mike) laufen Richtung Küche, kommen mit Pizzastücken in der Hand oder auf Tellern wieder rein und feiern und unterhalten sich fröhlich weiter.
Mike tritt an die Rampe.

MIKE Tja, das ist jetzt wohl der große Augenblick, mein Monolog, der Moment, der alles verdichtet, die Essenz, das was der Schriftsteller Wichtiges und Weltbewegendes sagen wollte. Bloß..., er will nichts sagen. Das ist für mich als Hauptdarsteller jetzt eine wirklich unbefriedigende Situation. Ich kann das. Ich kann tiefgreifende Wahrheiten rüber bringen. Ich könnte ihnen eine lebensverändernde Erkenntnis voller Intensität in ihren Kopf und ihr Herz pflanzen..., doch da ist nichts. Außer halt eben, dass da nichts ist. Was ja auch erst mal eine Erkenntnis ist, die man verdauen muss.

Eingestürzte Gefängnismauern. Toll! Aber wenn das Gefängnis in einer Wüste stand?
Nein. Tut mir leid. Keine Botschaft. Nichts Allgemeingültiges. Jeder hat seinen ganz individuellen Zusammenbruch.
Alles Unsinn? Das kann sein. Sie sollten sowieso besser nicht auf mich hören. Ich bin Psychopath! Erst gibt einem die Welt eine Diagnose und dann treibt sie einen in die Symptome.
„Ich weiß, dass ich nichts weiß." Keine wirklich neue Erkenntnis! Sokrates vor über 2400 Jahren. Das kommt uns schlau vor. Wir verehren Sokrates noch immer. In der Schule wird voller Hochachtung von ihm gesprochen. Ein großer Denker. Aber was, wenn wir ihn ernst nähmen. Wir, heute, in der Wissens- und Informationsgesellschaft?
Wissen ist Fortschritt. Alles wird besser, einfacher. Seltsam, dass meine Elektrogeräte immer schneller Schrott sind und wenn meine Telefonanlage kaputt ist, dauert es Tage, bis herausgefunden wird, wo in den vielen Knotenpunkten der Fehler liegt. Wenn überhaupt. Vielleicht funktioniert eigentlich fast überhaupt nichts, aber wir wissen es nicht. Wir werden erfolgreich abgelenkt. Eine neue Telefonanlage ist doch sowieso irgendwie schöner. Zauberhaft neu, aber cremig wie immer. Und farblich auch besser passend zur neuen Kommode.
Ein einziges Thema wirklich verstehen! Einmal noch eine unumstößliche Meinung haben! Was würde ich

dafür geben, ein letztes Mal dieser Illusion zu erliegen...

Stattdessen: Ich werde zugeschüttet mit gegensätzlichen Informationen, sich widersprechenden gesicherten Fakten aus gewöhnlich gut unterrichteten Kreisen. Es war noch nie so schwer, die Welt zu verstehen, wie jetzt, wo wir angeblich so viel über sie wissen. Wir haben so viele Informationen wie nie, aber wir verstehen die Zusammenhänge immer weniger.

Es tut mir leid, mir ist etwas übel. Könnte sein, dass ich gleich in die erste Reihe kotze.

Sie schauen entsetzt. Meine ich das ernst? Sie wissen es nicht. Sie wissen nichts. Ich weiß auch nichts, aber immerhin, dass ich nicht kotzen werde.

Ich weiß immer nur mich und da auch nur meine Gegenwart. Nicht, dass ich viel, von dem was in meiner Gegenwart passiert, verstehen würde... Aber immerhin, hier weiß ich mich, lebend. Das ist alles und das sollte eigentlich reichen. Einfach leben. Hier und jetzt. Wer kam bloß auf die bescheuerte Idee vom Baum der Erkenntnis zu essen?

Etwas verwirrend? Sie begreifen nicht, was ich sagen will? Keine Angst, ich auch nicht. Doch ich begreife immer mehr, was mir Angst macht: Die meisten wollen nicht begreifen. Wissen ist furchtbar anstrengend und instabil geworden. Die Welt ist verworren und nur mit Mühe ansatzweise zu verstehen. Wir wollen keine komplizierten Zusammenhänge erklärt bekommen.

Wir wollen nichts begreifen oder wissen und auch nur das Allernötigste selber denken.
Ein starker Mann mit Überzeugungskraft. Es ist völlig egal, was er sagt, es kommt nur darauf an, wie er es sagt. Es muss gut klingen, entschlossen und sicher. Es interessiert niemanden, ob das einen Sinn ergibt, irgendwas mit Wahrheit zu tun hat; es muss sich gut anfühlen und mehrheitsfähig sein.
Es ist eigentlich völlig egal, ob es Gottwald Rüdiger Mittelschuh überhaupt gibt und was er getan hat. Diese ungeheure Erleichterung, wenn ein Schuldiger gefunden wurde und man selbst es nicht ist...
Ich will das alles nicht mehr! Ich habe mich lange genug aufgerieben mit Sinn des Lebens, Veränderung der Welt. Ich will einfach nur noch leben. Das ist doch eigentlich alles wofür wir da sind...
Klingt reichlich naiv, ich weiß. Aber wo steht denn geschrieben, dass die Weltformel, die Lösung, etwas Geniales sein muss, etwas schwierig zu Erklärendes. Vielleicht braucht es eine naive Lösung für letztendlich doch überwiegend recht einfach gestrickte Menschen...
Noch wahrscheinlicher ist natürlich, dass es gar keine Lösung gibt...
Ach, scheiß drauf! Ich hab auf all das keine Lust mehr...
Das ist alles schon so oft gesagt worden und auch viel besser. Aber für mich war es halt eine gänzlich neue

Erfahrung. Ich hatte Ähnliches schon von anderen gehört, aber nie wirklich verstanden. Ich konnte es mir vorher nicht vorstellen und jetzt kann ich es keinem erklären.

Ich fürchte, der Zusammenbruch ist eine sehr einsame Angelegenheit, von der man vorher nichts wissen möchte...

Es tut mir leid. Ich wollte sie nicht stören. Nur eins: Wenn es mal so weit ist: Sie sind nicht der Einzige...

Im Wohnzimmer hat keiner zugehört. Mike geht wieder zu seiner Couch und klappt sein Buch auf, wird aber wieder von Herrn Kaimann unterbrochen.

KAIMANN Tut mir leid, dass ich vorhin so schnell weggegangen bin. Aber ich musste Herrn Winterkoffer dringend sprechen. Er dachte wirklich, der liberale Kommentar zur Schwulenehe in der FAZ von letzter Woche sei von mir gewesen. Gut, dass ich das schnell klären konnte. Er hat seine Kündigung zurück genommen. Und er hat mir unglaubliche Dinge über Giselas Mann erzählt.

MIKE Ach, das würde mich jetzt auch interessieren!

KAIMANN *(Schaut dabei immer wieder zu einem der Gäste - Südländisch aussehender Mann mit Vollbart)* Nun, er kommt seinen ehelichen Pflichten nicht ausreichend nach, scheint stattdessen eher an Männern interessiert zu sein. Auch ist er jähzornig und zerstört schon mal wertvolle Einrichtungsgegenstände, wenn etwas nicht so läuft, wie er sich das vorgestellt hat. Aber das Schlimmste: Herr Winterkoffer nimmt an, dass er ein Schläfer ist. Er und Gisela hatten bis vor ein paar Tagen gar nicht gewusst, wie nahe er dem Islam steht.

MIKE Das ist mir auch neu. Tolerant sicherlich, aber nahe...

KAIMANN Und unser vorbildlich freies und demokratisches System scheint ihn eher anzuwidern. Er wird immer aufmüpfiger und will sich nicht mehr an die Regeln halten.

MIKE Naja, es gibt doch vielleicht wirklich das ein oder andere zu kritisieren...?

KAIMANN Er befürchtet, dass er bald ein Attentat begehen könnte.

MIKE Und was will der Pastor dagegen unternehmen?

KAIMANN Er hat eine anonyme Anzeige an den BND geschickt und er betet sehr viel für Gisela. Die Arme hat nun wirklich etwas Besseres verdient. Zum Glück hat sie schon Kontakt zu einem Scheidungsanwalt aufgenommen. Woher kennen Sie Gisela eigentlich?

MIKE Ich bin ihr Mann.

KAIMANN *(entsetzt, rückt deutlich von ihm ab)* Sie sind das?!? Aber ich dachte... Sie sehen gar nicht aus wie ein Islamist! *(panisch)* Also, ich bin da übrigens völlig anderer Meinung als Herr Winterkoffer!

MIKE Hätte mich auch gewundert, wenn Sie nicht eine passende Meinung parat hätten...

KAIMANN Ganz im Ernst! Der islamfreundliche Kommentar neulich in der Nordwest-Zeitung, der so viel Wirbel gemacht hat, der war von mir!

MIKE Na dann..., werde ich das, was ich hier unter dem Hemd am Gürtel habe, wohl erst benutzen, wenn Sie gegangen sind...

KAIMANN *(springt auf)* Äh, Gisela? Du wolltest doch drüben weiter feiern?

GISELA Ja, aber doch jetzt noch nicht.

KAIMANN Ich geh schon mal vor! Bis gleich!

Er geht zügig ab, stößt dabei kurz vor der Tür mit jemandem zusammen, flüstert diesem noch etwas ins Ohr, woraufhin dieser erschrickt, einem anderen ins Ohr flüstert, sich dann auch hektisch verabschiedet usw.

Die Nachricht vom bevorstehenden Selbstmordattentat verbreitet sich flüsternd weiter und einzeln, aber zügig gehen nacheinander alle Gäste.

Gisela zieht sich um. Einen anderen albernen Hut und einen pinken Schal mit grünen Punkten.

GISELA Hast du eine Ahnung, warum es alle auf einmal so eilig haben?

MIKE *(holt ein Taschentuch aus der Tasche unter dem Hemd hervor und schnäuzt sich.)* Soweit ich das verstanden habe, hatten sie Angst, dass mein Taschentuch explodiert.

GISELA Du bist ja völlig irre!

MIKE Ja, ich versuche mich anzupassen.

GISELA Dir ist wirklich nicht mehr zu helfen!

MIKE Von denen, von denen ich das früher erwartet hätte, jedenfalls nicht.

GISELA Ich habe immer öfter keine Ahnung, wovon du eigentlich redest. Aber es ist mir auch egal. Ich lasse mir von dir nicht den Geburtstag verderben. Wir feiern gegenüber weiter. Der Champagner ist wirklich vorzüglich. Du willst ja sicher nicht mitfeiern?

MIKE Nein, wirklich nicht.

GISELA Gut! Der Doktor meinte auch, dass das besser für dich wäre, wenn du hier bleibst und dich ausruhst. Du wirst doch nicht wieder weglaufen?

MIKE Also, eigentlich darf ich doch machen was ich will, oder?

GISELA Ja, aber verdammt noch mal, was willst du denn?

MIKE Ich weiß nicht.

GISELA Du machst mich wahnsinnig.

MIKE Das war nicht, was ich wollte.

GISELA Okay. Ich mach das nicht gerne, aber der Doktor meinte, es wäre sicherer und damit auch besser für dich.

Sie geht raus und schließt die Tür ab. Schon von draußen:

GISELA Und komm nicht auf die Idee, aus dem Fenster zu klettern. Das ist der zweite Stock hier. Sieben Meter bis zum Boden. Vergiss nicht: Du kannst nicht fliegen!

Sie geht. Mike rüttelt kurz an der Tür.
Er geht zum neuen Spiegel, schaut gar nicht richtig hin, schüttelt nur den Kopf, geht dann zur Couch, legt ihr liebevoll die Hand auf die Lehne.

MIKE Tja... Sieht aus, als wären wir die beiden letzten alten Möbel, die noch stören...

Er geht zum Fenster neben der Couch und öffnet es.

MIKE (*leise*) Ich kann fliegen!

Er schaut nach unten, steigt in den Rahmen, immer lauter sagend: „Ich kann fliegen!"
Er will gerade springen, da klopft es ans andere Fenster.
Er wäre beinahe vor Schreck rausgefallen, kann sich aber noch festhalten.
Er steigt aus dem Fenster und öffnet das andere. Ein Leiterende ist zu sehen. Darauf stehend Vivien.

VIVIEN Kommst du mit?
MIKE Wohin?
VIVIEN *lacht fröhlich* Ich habe sowas von keine Ahnung!
MIKE *lacht auch* Das passt. Ich auch nicht.

Er schaut kurz zurück in den Raum. Er geht schnell zum Flügel, holt den alten kleinen Spiegel, der an der Unterseite des Flügels festgeklebt war. Vivien freut sich offensichtlich.
Sie geben sich einen Kuss. Dann steigt er durchs Fenster und die beiden und die Leiter verschwinden.

Kurz darauf kommt Gisela, merklich beschwippst, mit Möbelpackern rein. Sie stellen ein neues, steriles Designersofa hin, nehmen das alte, gemütliche mit.

GISELA Schön, dass Sie das noch heute liefern konnten. Ich brauchte das dringend für die Feier morgen früh!

Noch ein paar übertrieben moderne und hässliche Accessoires werden rein getragen.
Gisela schaut sich zufrieden um.

MÖBELPACKER Alles perfekt so?
GISELA Genau so wollte ich es haben!
MÖBELPACKER Fehlt ihnen noch etwas?

Sie schaut sich um, überlegt.

GISELA Einen Moment bitte noch! Irgendwas fehlt hier doch...

Sie schaut sich noch mal um. Schüttelt dann den Kopf:

GISELA Nein. So ist es perfekt!

Die Möbelpacker gehen und sie setzt sich an ihr Macbook; macht ein Selfie von sich und der Wohnung etc.
Der Vorhang beginnt zu fallen. Gisela schlägt sich vor den Kopf und schaut entsetzt:

GISELA Oh nein! Wie konnte ich nur so blind sein! Gott, das ist mir jetzt wirklich peinlich! ... ... Ich habe vergessen, neue Vorhänge zu bestellen!

Und damit senkt sich der Vorhang endgültig...